TEXTES RUSSES

PROSE ET VERS (ACCENTUÉS)

AVEC TRADUCTION

CHOISIS

PAR

Olga Klionoff

Professeur russe diplômée

PARIS

Librairie Russe et Française L. Rodstein, 17, rue Cujas

LONDRES

Hachette et Cⁱᵉ, 18, King William st., Charing Cross

1916

TEXTES RUSSES

PROSE ET VERS (ACCENTUÉS)

AVEC TRADUCTION

CHOISIS

PAR

Olga Klionoff

Professeur russe, diplômée

PARIS

Librairie Russe et Française L. Rodstein, 17, rue Cujas

LONDRES

Hachette et Cie, 18, King William st., Charing Cross

PRÉFACE DE L'ÉDITEUR

———

Le livre que nous présentons aujourd'hui au lecteur n'est pas le premier de la série que nous éditons à l'usage de ceux qui étudient la Langue Russe.

Il contient d'une part des textes empruntés aux plus célèbres auteurs russes et d'autre part la traduction de ces morceaux choisis. Nous avons donné une traduction fidèle, de façon à permettre au débutant d'avoir pour chaque terme russe son correspondant français.

Que le lecteur nous excuse donc si notre version française manque d'élégance.

Nous estimons que nous aurons rendu service à la fois aux Français et aux Russes, si nous obtenons qu'ils se connaissent mieux pour s'estimer et s'aimer davantage.

———

Осёлъ и конь.

Оди'нъ шалу'нъ осла' имѣ'лъ,
Кото'рый го'денъ былъ лишь ѣ'здить за водо'ю;
Онъ на него' чепра'къ надѣ'лъ,
Весь ши'тый зо'лотомъ, съ бо'гатой бахрамо'ю.
Осёлъ нашъ ва'жничать въ тако'мъ наря'дѣ сталъ,
И у'ши вверхъ подня'въ, прего'рдо выступа'лъ.
На встрѣ'чу конь ему' попа'лся,
А на конѣ' чепра'къ обыкнове'нный былъ.
Тутъ длинноу'хій разсмѣя'лся,
И ры'ло отъ него' своё отвороти'лъ.
Таки'хъ осло'въ дово'льно и межъ на'ми,
Безъ чепрако'въ—а съ чѣмъ?—Ну! догада'йтесь са'ми.

———

Дубъ и трость.

Съ трости'нкой дубъ одна'жды въ рѣчь вошёлъ.
„Пои'стинѣ ропта'ть ты въ пра'вѣ на приро'ду“,
Сказа'лъ онъ: „воробе'й, и тотъ тебѣ' тяжёлъ.
Чуть лёгкій вѣтеро'къ подёрнетъ ря'бью во'ду.
Ты зашата'ешься, начнёшь слабѣ'ть
И такъ нагнёшься сиро'тливо,
Что жа'лко на тебя' смотрѣ'ть.
Межъ тѣмъ, какъ наравнѣ' съ Кавка'зомъ, горде'ливо,
Не то'лько со'лнца я препя'тствую луча'мъ,
Но, посмѣ'ваяся и ви'хрямъ и гроза'мъ,
Стою' и твёрдъ и прямъ,
Какъ-будто бъ ограждёнъ ненаруши'мымъ ми'ромъ:
Тебѣ' всё — бу'рей, мнѣ всё ка'жется зефи'ромъ.

L'âne et le cheval.

Un plaisant avait un âne, qui n'était bon qu'à aller chercher l'eau ; il lui mit une housse toute chamarrée d'or avec de riches franges. Accoutré de la sorte, notre âne se mit à jouer l'important, il portait haut ses oreilles et marchait d'un pas fier. Un jour il rencontra un cheval qui était couvert d'une housse bien simple. Notre animal à longues oreilles se mit à rire et regarda d'un autre côté. Il y a beaucoup de pareils ânes parmi nous, sans housses mais portant quoi? Eh bien! Devinez-le vous-mêmes.

Le chêne et le roseau.

Le chêne se mit un jour à causer avec le roseau. En vérité, tu as le droit de murmurer contre la nature, dit-il, un moineau même est trop lourd pour toi. A peine un léger souffle du vent ride-t-il l'eau, que tu chancelles, tu faiblis et tu te courbes sans force de manière qu'il me fait de la peine de te regarder, tandis que, moi, semblable aux Caucase, je me pose non seulement fièrement en obstacle au rayons du soleil, mais je me suis souvent moqué des tourbillons et des orages, je reste ferme et droit, et il semble qu'une paix inébranlable me défend: tout te paraît tempête, à moi tout est Zéphir.

Хотя́ бъ ужъ ты въ окру́жности росла́,
Густо́ю тѣ́нію вѣтве́й мои́хъ покры́той,
Отъ непого́дъ бы я быть могъ тебѣ́ защи́той;
    Но вамъ въ удѣ́лъ приро́да отвела́
Брега́ бурли́ваго Эо́лова владѣ́нья:
Коне́чно, нѣтъ совсѣ́мъ у ней о васъ радѣ́нья“.
„Ты о́чень жа́лостливъ“, сказа́ла трость въ отвѣ́тъ:
„Одна́ко, не круши́сь: мнѣ сто́лько ху́да нѣтъ,
    Не за себя́ я ви́хрей опаса́юсь;
        Хоть я и гнусь, но не лома́юсь,
    Такъ бу́ри ма́ло мнѣ вредя́тъ;
Едва́ль не бо́лѣе тебѣ́ онѣ́ грозя́тъ!
То пра́вда, что ещё досе́лѣ ихъ свирѣ́пость
        Твою́ не одолѣ́ла крѣ́пость,
И отъ уда́ровъ ихъ ты не склоня́лъ лица́;
        Но подождёмъ конца́!“
    Едва́ лишь э́то трость сказа́ла,
    Вдругъ мчи́тся съ сѣ́верныхъ сторо́нъ.
И съ гра́домъ, и съ дождёмъ, шумя́щій аквило́нъ.
Дубъ де́ржится, — къ землѣ́ трости́ночка припа́ла.
    Бушу́етъ вѣ́теръ, удво́илъ си́лы онъ,
        Взревѣ́лъ и вы́рвалъ съ ко́рнемъ вонъ
    Того́, кто небеса́мъ гла́вой свое́й каса́лся
    И въ о́бласти тѣне́й пято́ю упира́лся.
Крыловъ.

——————

Encore si tu croissais dans mes environs, couvert par l'ombre épaisse de mes branches — j'aurais pu te défendre des tempêtes : mais la nature vous a donné pour séjour l'empire de l'orageux Éole ; en effet il ne prend pas le moindre soin de vous. «Tu es bien compatissant», fut la réponse du roseau : «mais il ne faut pas trop t'affliger ; je ne souffre pas tant de maux. Ce n'est pas pour moi que je crains les ouragans : quoique je me courbe, je ne me casse pas : les ouragans me font si peu de tort ; peut-être te menacent-ils beaucoup plus. Il est vrai que leur furie n'a pu vaincre jusqu'à présent ta force et tu n'as pas courbé ton front devant leurs coups : mais attendons la fin !» A peine le roseau eut-il prononcé ces paroles que l'aquilon bruyant venant du nord accourt amenant de la grêle et de la pluie. Le chêne reste debout et ferme — le roseau se courbe jusqu'à terre. Le vent tempête, redouble de force, hurle — et arrache avec ses racines celui qui touchait le ciel de sa tête et qui posait son talon sur l'empire des ombres.

Kryloff.

———

Левъ, учреди'вшій совѣ'тъ.

Левъ учреди'лъ совѣ'тъ како'й-то неизвѣ'стно, и поса'дя' въ него' сочле'нами слоно'въ, приба'вилъ бо'лѣе къ нимъ осло'въ. Хотя' и неприли'чно, чтобъ ослы' засѣда'ли со слона'ми, но левъ не могъ набра'ть сто'лько слоно'въ, ско'лько въ но'вомъ совѣ'тѣ надлежа'ло засѣда'ть чле'новъ. Ну, что же? пуска'й числа' всего' бы не достава'ло, дѣ'ла всё - таки бы мо'жно бы'ло производи'ть. Но льву не захотѣ'лось наруши'ть уста'въ, и онъ ду'малъ прито'мъ: „Ну, что же? хотя' и въ совѣ'тѣ бу'детъ нѣ'сколько осло'въ, но они' посо'вѣстятся слоно'въ: бу'дутъ признава'ть ихъ преиму'щество и умо'мъ и о'пытностью, и бу'дутъ ихъ слу'шаться, такъ что слоны' наведу'тъ осло'въ на умъ на ра'зумъ“. Одна'ко, когда' совѣ'тъ откры'лся нашъ левъ уви'дѣлъ, что жесто'ко оши'бся. Не то'лько что ослы' слоно'въ не хотѣ'ли слу'шаться, но ослы' да'же свели' съ ума' слоно'въ.

Осёлъ и Солове'й.

Осёлъ уви'дѣлъ Соловья'
И говори'тъ ему: „Послу'шай-ка, дружи'ще!
Ты, ска'зываютъ, пѣть вели'кій мастери'ще:
    Хотѣ'лъ бы о'чень я
    Самъ посуди'ть, твоё услы'шавъ пѣ'ніе,
    Велико' ль по'длинно твоё умѣ'нье?“
Тутъ Солове'й явля'ть своё иску'сство сталъ:
    Защелка'лъ, засвиста'лъ
На ты'сячу ладо'въ, тяну'лъ, перелива'лся;

Le lion qui a nommé un conseil.

Un lion nomma un conseil, on ne sait pas lequel ; et
en nommant pour en faire partie des éléphants, il leur
adjoignit encore un plus grand nombre d'ânes. Quoiqu'il
ne soit pas bienséant que des ânes siégeassent côte à
côte avec des éléphants, le lion ne put trouver un aussi
grand nombre d'éléphants, que le nouveau tribunal devait avoir de membres. Eh bien ! même si le nombre des
membres n'était pas complet, on aurait toujours pu s'y
occuper des affaires. Mais le lion ne voulut pas faire des
infractions à la loi et il pensait aussi : Quel est le grand
malheur ? S'il y a même quelques ânes parmi les membres de conseil, ils auront honte des éléphants, en re-
connaîtront la supériorité en fait d'esprit et d'expérience
et les écouteront, de manière que les éléphants rendront
les ânes plus sages. Mais lorsque le conseil eut com-
mencé à siéger, notre lion vit qu'il était tombé dans une
erreur. Non seulement les ânes ne voulaient pas écou-
ter les éléphants, mais il arriva même que les ânes firent
faire des folies aux éléphants.

L'âne et le rossignol.

Un âne vit un rossignol.
Et lui dit : «Ecoutez-donc, bon ami ;
Toi, on dit, tu es grand maître au chant.
Je voudrais beaucoup
Juger moi-même, ayant entendu ton chant,
Si ton talent est réellement grand».
Alors le rossignol se mit à montrer son art :
Il chantait, il sifflait
De mille manières ; il prolongeait (les sons), il s'épanchait,

То не́жно онъ ослабѣва́лъ,
И то́мной вдалекѣ́ свирѣ́лью отдава́лся,
То ме́лкой дро́бью вдругъ по ро́щѣ разсыпа́лся.
          Внима́ло всё тогда́
      Люби́мцу и пѣвцу́ Авро́ры;
Зати́хли вѣ́терки, замо́лкли пти́чекъ хо́ры,
          И прилегли́ стада́,
      Чуть-чу́ть дыша́, пасту́хъ имъ любова́лся,
          И то́лько иногда́,
      Внима́я Соловью́, пасту́шкѣ улыба́лся.
Сконча́лъ пѣве́цъ. Осёлъ, уста́вясь въ зе́млю лбомъ,
      „Изря́дно“, говори́тъ: „сказа́ть нело́жно,
          Тебя́ безъ ску́ки слу́шать мо́жно;
          А жаль, что незнако́мъ
          Ты съ на́шимъ пѣтухо́мъ:
          Ещё бъ ты бо́лѣ навостри́лся,
      Когда́ бы у него́ немно́жко поучи́лся“.
Услы́ша судъ тако́й, мой бѣ́дный Солове́й
Вспорхну́лъ и — полетѣ́лъ за три́девять поле́й.
Изба́ви, Богъ, и насъ отъ э́такихъ суде́й.

Крыловъ.

Орёлъ и Пчела́.

Уви́дя, что Пчела́ хлопо́четъ вкругъ цвѣтка́,
Сказа́лъ одна́жды ей Орёлъ съ презрѣ́ньемъ:
      „Какъ ты, бѣдня́жка мнѣ жалка́
Со всей твое́й рабо́той и умѣ́ньемъ!
Васъ въ у́льѣ ты́сячи всё лѣ́то лѣ́пятъ сотъ:
          Да кто же по́слѣ разберётъ
          И отличи́тъ твои́ рабо́ты?

10

Tantôt il s'attendrissait, s'adoucissait,
Et comme un languissant chalumeau lointain il se faisait
                                            entendre ;
Tantôt il éclatait soudain (en roulades), comme la fine
                                    mitraille, par les bois,
Alors tout écoutait
Le favori et le chanteur d'Aurore ;
Les vents s'apaisèrent, les chœurs des oiseaux firent silence
Et les troupeaux se couchèrent.
Respirant à peine, le berger en jouissait ;
Et seulement parfois
En entendant le rossignol il souriait à la bergère.
Le chanteur a fini. L'âne, appuyant son front contre la terre,
«Passablement, dit-il, «à parler franchement.
Cependant il est dommage que tu ne connaisses point
Notre coq.
Tu te perfectionnerais encore d'avantage,
Quand tu étudierais un peu auprès de lui».
Entendant un tel jugement, mon pauvre rossignol
S'éleva en voltigeant et s'envola par dessus trois fois
                                            neuf champs.
Préserve-nous, mon Dieu, de pareils juges.

Kryloff.

L'aigle et l'abeille.

Voyant qu'une abeille s'empresse autour d'une fleur,
L'aigle lui dit un jour, avec dédain :
Que tu m'es déplorable, ma pauvrette,
Avec tout ton travail et tes facultés !
Vous êtes dans la ruche des milliers, tout l'été à recol-
                                    ler les gâteaux de cire :
Mais qui donc ensuite distinguera
Et démêlera tes travaux, ton œuvre?

Я, пра'во, не пойму' охо'ты
Труди'ться це'лый векъ, и что же име'ть въ виду'?...

Безве'стной умере'ть со все'ми на ряду'!
Кака'я ра'зница межъ на'ми!
Когда', расши'ряся шумя'щими крыла'ми,
Ношу'ся я подъ облака'ми,
То всю'ду разсе'ва'ю страхъ:
Не сме'ютъ отъ земли' перна'тын подня'ться,
Не дре'млютъ пастухи' при ту'чныхъ ихъ стада'хъ,
Ни ла'ни бы'стрын не сме'ютъ на поля'хъ,
Меня' зави'дя показа'ться!"

Пчела' отве'тствуетъ: „Тебе' хвала' и честь.
Да продли'тъ надъ тобо'й Зеве'съ свои' щедро'ты,
А я, родя'сь труды' для о'бщей по'льзы несть,
Не отлича'ть ищу' свои' рабо'ты,
Но утеша'юсь темъ, на на'ши смотря' со'ты,
Что въ нихъ и моего' хоть ка'пля мёду есть".

Крыловъ.

Пету'хъ, Котъ и Мышёнокъ.

О де'ти, де'ти! какъ опа'сны ва'ши ле'та'! Мышёнокъ, не вида'вши све'та, попа'лъ бы'ло въ бе'ду' и вотъ
какъ онъ объ ней разска'зывалъ въ семье' свое'й:
Оста'вивши на'шу но'ру и перебра'вшись че'резъ горы, кото'рыя составля'ютъ грани'цу на'шей ро'дины,
пусти'лся я бежа'ть, какъ молодо'й мышёнокъ, кото'-
рый хо'четъ показа'ть, что онъ бо'лее не дитя'. Вдругъ я
съ ра'змаху на двухъ живо'тныхъ набежа'лъ: каки'е зве'ри

En vérité, je ne comprends pas l'envie,
De s'épuiser toute sa vie et pour avoir quoi en vue?
A mourir inconnu à son tour avec tous.
Quel contraste entre nous!
Lorsque, déployant mes ailes bruyantes,
Je flotte sur les nuages,
Alors je répands partout la frayeur.
Les oiseaux n'osent de la terre prendre un essor,
Les bergers ne sommeillent pas auprès de leur trou-
                                                    peaux repus,
Ni les daims lestes n'osent dans les champs,
Quand ils me voient de loin, se montrer.
L'abeille répond: A toi gloire et honneur.
Puisse Jupitér te continuer ses libéralités.
Mais moi, étant née pour supporter les labeurs pour
                                            l'utilité commune,
Je ne cherche pas à rehausser mes travaux.
Mais je me console par ceci, en regardant nos gaufres,
Qu'il y a en elles aussi de mon miel une goutte.

Kryloff.

Le coq, le chat et le souriceau.

Oh! Mes enfants, mes chers enfants! Votre âge est
plein de dangers! Un souriceau qui n'avait jamais vu le
monde, courut un grand danger, et voici comment il
conta son histoire à sa famille: Ayant quitté notre trou
et passé les montagnes qui forment les limites de notre
patrie, je me mis à courir comme un vrai jeune souriceau
qui veut montrer qu'il n'est plus un enfant. Tout-à-coup en
courant je heurte deux animaux: quels étaient ces animaux,

13

самъ не зна́ю и тепе́рь! Оди́нъ изъ нихъ былъ такъ смирёнъ и добръ, такъ пла́вно выступа́лъ и былъ такъ милови́денъ собо́ю! Друго́й, напро́тивъ, былъ наха́лъ, крику́нъ, и смотрѣ́лъ таки́мъ забія́кою, какъ бу́дто всѣхъ хотѣ́лъ вы́звать на поеди́нокъ, онъ былъ весь въ пе́рьяхъ; косма́тый, хвостъ его́ сталъ крю́комъ; надъ са́мимъ лбомъ его́ дрожа́лъ како́й-то наро́сть о́гненнаго цвѣ́та, и бы́ли у него́ въ ро́дѣ рукъ каки́е-то два пу́ка изъ пе́рьевъ, кото́рые ему́ слу́жатъ для полёта, онъ и́ми маха́лъ и крича́лъ, что всё вокру́гъ дрожа́ло. Я, зна́ете, не трусъ, а всё-таки такъ испуга́лся, что весь задрожа́лъ и дава́й бѣжа́ть, что Богъ далъ но́ги. Какъ я объ э́томъ сожалѣ́ю! Не будь онъ, вѣ́рно бы я подружи́лся съ други́мъ и нашёлъ бы въ пёмъ и дру́га и наста́вника — я въ глаза́хъ его́ могъ вида́ть, что онъ гото́въ былъ на всѣ услу́ги.

Какъ ти́хо шевели́лъ онъ свои́мъ пуши́стымъ хвосто́мъ! Съ каки́мъ усе́рдіемъ броса́лъ онъ на меня́ смире́нные взо́ры свои́! Какъ кро́тки бы́ли они́ и какъ полны́ чу́днаго огня́! Шерсть на нёмъ была́ гладка́, какъ шёлкъ, голо́вка его́ была́ пёстрая и вдоль спины́ тяну́лись ра́зные узо́ры; у́ши его́ бы́ли похо́жи на на́ши, и я по ни́мъ сужу́, что у него́ должна́ быть симпа́тія къ намъ, врядъ ли онъ да́же не родня́ мыше́й. Но тутъ мать прерва́ла мышёнка: „Глупёнокъ ты, сыно́къ мой; тотъ, кото́рый показа́лся тебѣ́ столь до́брымъ, столь сми́рнымъ, и чья нару́жность тебя́ прельсти́ла, никто́ ино́й, какъ котъ, лютѣ́йшій врагъ всей поро́ды на́шей. Подъ ви́домъ

je ne le sais pas, même maintenant! L'un d'eux
était si doux et si bon, il marchait d'un pas si mesuré
et avait si bonne mine! L'autre au contraire était un
mauvais sujet, un turbulent et avait l'air d'être pleine d'in-
quiétude de vouloir provoquer tous en duel, il était tout
couvert de plumes, sa queue empanachée ressemblait à un
croc, juste au dessus de son front tremblait une excrois-
sance couleur de feu, et il avait quelque chose qui ressemblait à des mains, c'était deux touffes de plumes qui
lui servent pour voler, il les secouait et criait si haut
que tout autour de lui tremblait. Vous savez que je ne
suis pas craintif, mais néanmoins je me suis tellement
effrayé que je tremblais de tous les membres et que je
m'enfuis aussi vite que mes pattes purent me porter.
Que je le regrette! S'il n'avait pas été, je me serais
sans doute lié avec l'autre et j'aurais trouvé en lui un
ami et un soutien — je lisais dans ses yeux qu'il était
prêt à me rendre toute sorte de services. Comme il re-
muait doucement sa queue touffue! Avec quel dévoue-
ment il jetait sur moi ses modestes regards! Comme ils
étaient doux et pleins d'un feu superbe! Son poil était
lisse comme la soie, sa petite tête était multicolore et le
long de son dos étaient disposés différents dessins; ses
oreilles ressemblaient aux nôtres, et je juge d'après elles
qu'il doit avoir de la sympathie pour nous, j'ai tout lieu
de penser qu'il est un parent des souris. Mais ici la
mère interrompit le souriceau: «Que tu es bête, mon
pauvre fils! celui qui t'a paru être si bon, si doux et
dont l'extérieur t'a charmé, n'est personne autre que l'en-
nemi le plus implacable de notre race. Sous le masque

кро́тости, онъ злой губи́тель нашъ ; друго́й же, кото́рый такъ испуга́лъ тебя́, былъ пѣту́хъ, кото́рый гро́мко кричи́тъ, но зла никому́ не дѣ́лаетъ! Не то́лько онъ не причиня́етъ намъ никако́го вреда́, и никогда́ не огорча́етъ насъ, напро́тивъ, не разъ бра́тья его́ и кумовья́ служи́ли намъ пи́щею. По́мни, сыно́къ любе́зный, что по нару́жности одно́й никогда́ не до́лжно суди́ть о бли́жнемъ: она́ обма́нчива и ча́сто вво́дитъ насъ въ заблужде́ніе“.

Дмитрíевъ.

Друзья́.

Давно́ я зналъ, и вновь опя́ть я научи́лся, чтобъ дру́гомъ никого́, не испыта́въ, не звать. Случи́лось мужику́ чрезъ лёдъ перевзжа́ть, и возъ его́ сквозь лёдъ, къ несча́стью, провали́лся. Мужи́къ мета́ться и крича́ть: „Ой, ба́тюшки! тону́, тону́! Ой, помоги́те!“ — „Ребя́та! что же вы стои́те? помо́жемте!“ оди́нъ друго́му говори́лъ, кто вмѣ́стѣ съ мужико́мъ въ одно́мъ обо́зѣ былъ. „Помо́жемъ!“ ка́ждый подтверди́лъ. Но къ во́зу ме́жду тѣмъ никто не подходи́лъ; а до́лжно знать, что всѣ одно́й дере́вни бы́ли, друзья́ми межъ собо́ю слы́ли, не разъ за бра́тское здоро́вье пи́ли; а сверхъ того́ между́ собо́ю, для утвержде́нія ихъ дру́жбы кругово́й креста́ми да́же помѣня́лись. Другъ дру́га бра́томъ всякъ зовётъ; а бра́тній возъ ко дну идётъ! По сча́стью мужика́, сторо́нніе сбѣжа́лись, и вы́тащили возъ на лёдъ.

Хѣмницеръ.

16

de la douceur, il nous détruit sans pitié ; l'autre au contraire qui t'a tant effrayé, était un coq, qui crie bien haut, mais qui ne fait du mal à personne ! Non seulement il ne nous fait point de tort et ne nous offense jamais, mais souvent même ses frères et ses compères nous ont servi de norriture. Rappelle-toi, mon cher fils, qu'il ne faut jamais juger du prochain d'après son extérieur, il nous trompe et nous induit souvent en erreur».

Dmitrieff.

____

Des amis.

Je savais depuis longtemps et je l'ai appris de nouveau, qu'il ne faut nommer personne son ami avant de l'avoir mis à l'épreuve. Un paysan traversait une rivière couverte de glace, et malheureusement son traîneau cassa la glace et menaçait de couler à fond. Notre paysan court par-ci, par-là, il crie : «Oh, mes chers amis ! Je me noie, je me noie ! Ah ! de grâce aidez-moi !» — Camarades ! Que restez-vous les bras croisés aidons-donc ! dit l'un à l'autre de ceux qui appartenaient à la même caravane que le paysan. — Nous aiderons ! répéta chacun. Mais personne du reste ne s'approche du traîneau. Il faut savoir que tous appartenaient au même village, qu'ils se nommaient amis entre eux, et qu'ils avaient maintes fois en buvant à la santé l'un de l'autre, proclamé qu'ils étaient frères ; ce qui est plus même, ils avaient échangé leurs croix _(que les Russes portent au cou suspendues à un cordon)_, pour affirmer par cela leur amitié mutuelle. L'on nomme l'autre, frère, néanmoins le traîneau du frère coule à fond. Ce fut un bonheur pour le paysan que des étrangers accoururent et qu'ils remirent le traîneau sur la glace.

Khemnitzer.

17

Ру́сскія посло́вицы.

1. По́слѣ дождя́ и со́лнышко свѣ́титъ.
2. Своя́ руба́шка бли́же къ тѣ́лу.
3. Изъ двухъ золъ выбира́й ме́ньшее.
4. Куй желѣ́зо пока́ горячо́.
5. Нѣтъ ды́ма безъ о́гня.
6. Лу́чше по́здно, чѣмъ никогда́.
7. Нѣтъ ро́зы безъ шипо́въ.
8. Безъ му́ки нѣтъ нау́ки.
9. Нужда́ зако́на не зна́етъ.
10. Молча́ніе — знакъ согла́сія.
11. Не уби́въ медвѣ́дя, шку́ры не продаю́тъ.
12. Но́вая метла́ чи́сто метётъ.
13. Коне́цъ дѣ́лу вѣне́цъ.
14. За двумя́ за́йцами пого́нишься, ни одного́ не
пойма́ешь.
15. Нѣтъ ху́да безъ добра́.
16. Рискъ благоро́дное дѣ́ло.
17. Не всё то зо́лото, что блести́тъ.
18. Лѣнь — мать всѣхъ поро́ковъ.
19. Бѣ́дность не поро́къ.
20. Ти́ше ѣ́дешь, да́льше бу́дешь.
21. Дово́льство превы́ше бога́тства.
22. Межъ слѣпы́хъ и криво́й зря́чій.
23. Начина́я дѣ́ло, о концѣ́ помышля́й.
24. Человѣ́къ предполага́етъ, а Богъ располага́етъ.
25. Глу́пость и ску́пость ча́сто иду́тъ рука́ объ ру́ку.

———

Proverbes russes.

1. Après la pluie, le beau temps.
2. Charité bien ordonnée commence par soi-même.
3. De deux maux il faut choisir le moindre.
4. Il faut battre le fer pendant qu'il est chaud.
5. Il n'y a pas de fumée sans feu.
6. Mieux vaut tard que jamais.
7. Il n'est point de roses sans épines.
8. On n'a rien sans peine.
9. Nécessité fait loi ou Qui veut la fin, veut les moyens.
10. Qui ne dit rien consent.
11. Il ne faut pas vendre la peau de l'ours avant de l'avoir tué.
12. Il n'y a rien de tel qu'un balai neuf.
13. La fin couronne l'œuvre.
14. Qui court deux lièvres à la fois n'en prend point.
15. A quelque chose malheur est bon.
16. Qui ne risque rien n'a rien.
17. Tout ce qui brille n'est pas or.
18. La paresse est la mère de tous les vices.
19. Pauvreté n'est pas vice.
20. Qui veut aller loin ménage sa monture.
21. Contentement passe richesse.
22. Dans le royaume des aveugles les borgnes sont rois.
23. En toute chose il faut considérer la fin.
24. L'homme propose et Dieu dispose.
25. La sottise et l'avarice vont souvent de pair.

Слёзы ма'тери.

Внима'я у'жасамъ войны',
При ка'ждой но'вой же'ртвѣ бо'я,
Мнѣ жаль не дру'га, не жены',
Мнѣ жаль не самого' геро'я...
Увы'! Утѣ'шится жена',
И дру'га лу'чшій другъ забу'детъ;
Но гдѣ-то есть душа' одна' —
Она' до гро'ба по'мнить бу'детъ!
Средь лицемѣ'рныхъ на'шихъ дѣлъ
И вся'кой по'шлости и про'зы
Однѣ' я въ мі'рѣ подсмотрѣ'лъ
Святы'я, и'скреннія слёзы —
То слёзы бѣ'дныхъ матере'й!
Имъ не забы'ть свои'хъ дѣте'й,
Поги'бшихъ на крова'вой ни'вѣ,
Какъ не подня'ть плаку'чей и'вѣ
Свои'хъ пони'кнувшихъ вѣтве'й.

Некрасовъ.

Го'рныя верши'ны.

Го'рныя верши'ны
Спятъ во тьмѣ ночно'й;
Ти'хія доли'ны
По'лны свѣ'жей мглой;
Не пыли'тъ доро'га,
Не дрожа'тъ листы'...
Подожди' немно'го,
Отдохнёшь и ты.

Лермонтовъ.

Les larmes d'une mère.

En contemplant les horreurs de la guerre,
Dans chaque nouvelle victime du combat,
Je ne regrette pas l'ami, l'épouse,
Je ne regrette pas même le héros...
Hélas! L'épouse se consolera,
Le meilleur ami oubliera son ami;
Mais quelque part il y a une âme solitaire,
Celle-là se souviendra jusqu'à la tombe!
Au milieu de nos actions hypocrites,
Et de toutes sortes d'absurdité et de prosaïsme,
Seule au monde j'ai observé
Des larmes saintes, sincères, —
Ce sont les larmes des pauvres mères!
Il ne leur est pas donné d'oublier leurs enfants,
Ayant péri sur le champ ensanglanté
Comme il n'est pas donné au saule pleureur
De relever ses branches inclinées.

Nékrasoff.

Les cimes des montagnes.

Les cimes des montagnes
Dorment dans les ténèbres de la nuit,
Les vallées silencieuses
Sont pleines d'un frais brouillard;
Le chemin ne soulève aucune poussière,
Les feuilles ne bougent pas...
Attends encore un peu,
Tu te reposeras aussi.

Lermontoff.

21

Послѣ'днiе цвѣты'.

Цвѣты' послѣ'днiе милѣ'й
Роско'шныхъ пе'рвенцевъ поле'й
Они' уны'лыя мечта'нiя
Живѣ'е пробужда'ютъ въ насъ:
Такъ иногда' разлу'ки часъ
Живѣ'е самого' свида'нья.

Пушкинъ.

Проро'къ.

Съ тѣхъ поръ, какъ Вѣ'чный Судiя'
Мнѣ далъ всевѣ'дѣнiе проро'ка
Въ оча'хъ люде'й чита'ю я
Страни'цы зло'бы и поро'ка.

Провозглаша'ть я сталъ любви'
И пра'вды чи'стыя уче'нья:
Въ меня' всѣ бли'жнiе мои'
Броса'ли бѣ'шено каме'нья.

Посы'палъ пе'пломъ я главу'
Изъ городо'въ бѣжа'лъ я ни'щiй —
И вотъ въ пусты'нѣ я живу',
Какъ пти'цы, да'ромъ бо'жьей пи'щи.

Завѣ'тъ предвѣ'чнаго храня',
Мнѣ тварь поко'рна тамъ земна'я,
И звѣ'зды слу'шаютъ меня',
Луча'ми ра'достно игра'я.

Когда' же че'резъ шу'мный градъ
Я пробира'юсь торопли'во,
Тамъ ста'рцы дѣ'тямъ говоря'тъ
Съ улы'бкою самолюби'вой:

22

Les dernières fleurs.

Les dernières fleurs sont plus charmantes
Que les splendides primeurs des champs
Elles éveillent des rêves mélancoliques
Plus vivement en nous.
Ainsi parfois l'heure de la séparation
Est plus vive même que l'adieu.

Pouchkine.

Le prophète.

Depuis que le Juge Éternel
M'a donné l'omniscience du prophète,
Dans les yeux des hommes je lis
Les pages de la méchanceté et du vice.

Je commençais à prêcher de l'amour
Et de la vérité les doctrines pures.
Contre moi tous mes prochains,·
Furieux ont lancé des pierres.

Je jetais des cendres sur ma tête,
Des villes je m'enfuyais, en mendiant, —
Et me voici qui vis au désert,
Comme les oiseaux, des dons de nourriture divine.

Observant le commandement de l'Éternel
La créature terrestre m'est soumise.
Et les étoiles m'entendent,
En jouant gaiement avec leurs rayons.

Mais quand, à travers la cité tumulteuse,
Je me presse en hâte,
Là, les vieillards disent aux enfants
Avec un sourire suffisant:

„Смотри́те: вотъ приме́ръ для васъ!
Онъ го́рдъ бы́лъ, не ужи́лся съ на́ми:
Глупе́цъ хоте́лъ уве́рить насъ,
Что Бо́гъ гласи́тъ его́ уста́ми!

Смотри́те жъ дѣ́ти на него́,
Какъ онъ угрю́мъ, и ху́дъ, и блѣ́денъ;
Смотри́те, какъ онъ на́гъ и бѣ́денъ,
Какъ презира́ютъ всѣ его́!“

Лермонтовъ.

—————

Лѣсно́й Царь.

(По Гёте).

Кто ска́четъ, кто мчи́тся подъ хла́дною мглой?
Ѣздо́къ запозда́лый, съ нимъ сынъ молодо́й.
Къ отцу́, весь создро́гнувъ, малю́тка прини́къ:
Обня́въ, его́ де́ржитъ и грѣ́етъ стари́къ.
— Дитя́, что ко мнѣ́ такъ ро́бко прильну́лъ? —
„Роди́мый, Лѣсно́й Царь въ глаза́ мнѣ́ сверкну́лъ:
Онъ въ тёмной коро́нѣ, съ густо́й бородо́й!»
— О нѣ́тъ, то бѣлѣ́етъ тума́нъ надъ водо́й. —
Дитя́, огляни́ся; младе́нецъ, ко мнѣ́;
Весёлаго мно́го въ мое́й сторонѣ́:
Цвѣты́ бирюзо́вы, жемчу́жны струи́;
Изъ зо́лота сли́ты черто́ги мои́. —
„Роди́мый, Лѣсно́й Царь со мной говори́тъ:
Онъ зо́лото, пе́рлы и ра́дость сули́тъ“.
— О нѣ́тъ, мой младене́цъ, ослы́шался ты:
То вѣ́теръ, просну́вшись, колы́хнулъ листы́.
— Ко мнѣ́, мой младе́нецъ, въ дубра́вѣ мое́й
Узна́ешь прекра́сныхъ мои́хъ дочере́й:
При мѣ́сяцѣ бу́дутъ игра́ть и лета́ть,

Regardez ! Que celui-ci soit un exemple pour vous !
Il était fier, il ne vivait pas en paix avec nous ;
L'insensé voulait nous faire croire,
Que Dieu parlait par sa bouche.

Regardez, enfants, sur lui ;
Qu'il est sombre et maigre et pâle ;
Voyez comme il est nu et misérable,
Comme tous le méprisent.

Lermontoff.

Le Roi des forêts.

(D'après Gœthe).

Qui galope, qui passe ainsi rapidement dans la froide brume?
Un cavalier attardé et avec lui son jeune fils.
Contre le père tout tremblant le petit se blottit ;
L'embrassant il le soutient et le soigne, le vieillard.
«Mon enfant, pourquoi te presse-tu contre moi si timi-
dement?»
«Papa, le Roi des Bois m'a étincelé dans les yeux ;
Il est en couronne sombre, avec une barbe touffue !»
«Oh non, là-bas le brouillard reluit par-dessus l'eau».
«Mon enfant, regarde-moi, garçon !
Il y a bien des jolies choses dans mon domaine.
Des fleurs d'azur, des flots de perles,
En or mon palais est fondu».
«Papa, le Roi des Bois me parle.
Il me promet de l'or, des perles, des plaisirs».
«Oh non, mon fils, tu as mal entendu :
C'est le vent qui en s'éveillant a fait trembler les feuilles !»
«A moi, mon garçon ; dans ma forêt
Tu connaîtras mes belles filles :
Au clair de la lune elles joueront et voleront ;

25

Игра'я, лета'я, тебя' усыпля'тъ. —
„Роди'мый, Лѣсно'й Царь созва'лъ дочере'й:
Мнѣ, ви'жу, кива'ютъ изъ тёмныхъ вѣтве'й".
— О нѣтъ, всё споко'йно въ ночно'й глубинѣ':
То вѣтлы сѣды'я стоя'тъ въ сторонѣ'. —
— Дитя'! я плѣни'лся твое'й красото'й:
Нево'лей иль во'лей, а бу'дешь ты мой. —
„Роди'мый, Лѣсно'й Царь насъ хо'четъ догна'ть;
Ужъ вотъ онъ: мнѣ ду'шно, мнѣ тя'жко дыша'ть".
Ѣздо'къ оробѣ'лый не скаче'тъ, лети'тъ;
Младе'нецъ тоску'етъ, младе'нецъ кричи'тъ;
Ѣздо'къ погоня'етъ, ѣздо'къ доскака'лъ —
Въ рука'хъ его' мёртвый младе'нецъ лежа'лъ.

Жуковскій.

———

Каза'къ.

Кто при звѣ'здахъ и при лунѣ'
Такъ по'здно ѣ'детъ на конѣ'?
Чей э'то конь неутоми'мый
Бѣжи'тъ въ степи' необозримо'й?

Каза'къ на сѣ'веръ де'ржитъ путь,
Каза'къ не хо'четъ отдохну'ть
Ни въ чи'стомъ полѣ, ни въ дубра'вѣ,
Ни при опа'сной перепра'вѣ.

Какъ стекло' була'тъ его' блести'тъ,
Мѣшо'къ за па'зухой звени'тъ;
Не спотыка'ясь конь рети'вой,
Бѣжи'тъ, разма'хивая гри'вой.

Jouant, volant elles t'endormiront».
«Papa, le Roi des Bois a rassemblé ses filles:
Elles me font signe, je les vois à travers les branches
sombres».
«Oh non! Tout est tranquille dans la profondeur noc-
turne».
Ce sont les saules gris qui se trouvent à côté de nous».
«Mon enfant, je suis épris de ta beauté;
Bon gré mal gré tu seras à moi».
«Papa, le Roi des Bois va nous atteindre.
Le voici déjà: mon cœur se serre, à peine puis-je en-
core respirer».
Le cavalier inquiet ne galope pas, il vole;
Le garçon se tourmente, le garçon pousse des cris.
Le cavalier s'élance, le cavalier est arrivé au galop...
L'enfant, mort, est couché dans ses bras.

Joukovsky.

Le cosaque.

Qui au clair des étoiles et de la lune galope encore
si tard sur la grande route? A qui appartient ce cheval
infatigable qui traverse les immenses landes?

Le cosaque se dirige vers le Nord, il ne se repose ni
dans les champs à l'air si pur, ni dans la forêt, ni auprès du bac dangereux à passer.

Son acier brille comme du verre, le sac qu'il porte
caché sur sa poitrine résonne, son brave cheval court
sans broncher en fouettant l'air de sa crinière.

Черво́нцы ну́жны для гонца́,
Була́тъ потѣ́ха молодца́,
Рети́вый конь — потѣ́ха то́же;
Но ша́пка для него́ доро́же.

За ша́пку онъ оста́вить радъ
Коня́, черво́нцы и була́тъ;
Онъ вы́дастъ ша́пку то́лько съ бо́ю,
И то́ лишь съ бу́йной голово́ю.

Зачѣ́мъ онъ ша́пкой дорожи́тъ?
Затѣ́мъ, что въ ней доно́съ заши́тъ,
Доно́съ на ге́тмана злодѣ́я,
Царю́ Петру́ отъ Кочубе́я.

Пушкинъ.

―――

Кавка́зъ.

Кавка́зъ по́до мно́ю. Оди́нъ въ вышинѣ́
Стою́ надъ снѣга́ми у кра́я стремни́ны:
Орёлъ, съ отдалённой подня́вшись вершины́,
Пари́тъ неподви́жно со мной наравнѣ́.
Отсе́лѣ я ви́жу пото́ковъ рожде́нье
И пе́рвое гро́зныхъ обва́ловъ движе́нье.

Здѣсь ту́чи смире́нно иду́тъ по́до мной;
Сквозь нихъ низверга́ясь шумя́тъ водопа́ды;
Подъ ни́ми утёсовъ наги́я грома́ды;
Тамъ ни́же мохъ то́щій, куста́рникъ сухо́й;
А тамъ уже́ ро́щи, зелёныя сѣ́ни,
Гдѣ пти́цы щебе́чутъ, гдѣ ска́чутъ оле́ни.

А тамъ ужъ и лю́ди гнѣздя́тся въ гора́хъ,
И полза́ютъ о́вцы по зла́чнымъ стремни́намъ

Il faut de l'or au coursier, le sabre d'acier c'est le
passe-temps d'un guerrier, un coursier est aussi un passe-
temps, mais ce qu'il a de plus cher c'est son chaperon.

Pour son chaperon il donnerait sans regret son coursier, les ducats et son sabre; mais il ne céderait son
chaperon que dans une bataille et encore ne le céderait-il
qu'avec sa vie (sa tête bouillante).

Pourquoi son chaperon lui est-il si cher? Parce qu'il
porte cousu dans la doublure du chaperon une dénonciation, dénonciation dans laquelle Kotchubeï énumère
au czar Pierre les méfaits du hetmann.

Pouchkine.

Le Caucase.

Le Caucase est au dessous de moi. Seul tout en haut,
Je suis au dessus des neiges au bord du précipice.
L'aigle, s'étant élevé du sommet lointain,
Plane immobile en même hauteur avec moi.
D'ici je vois la naissance des torrents,
Et le premier glissement de la terrible avalanche.

Ici les nuages flottent paisibles au dessous de moi ;
A travers eux se précipitant, les cascades mugissent.
Au dessous d'eux les masses décharnées des rochers;
Là plus bas, une mousse maigre, des buissons desséchés;
Et là, voici déjà des bosquets, des prés verts,
Où les oiseaux gazouillent, où les serf bondissent.

Mais là, déjà les hommes demeurent dans les montagnes;
Et les brebis grimpent sur les pentes herbageuses.

29

И па'стырь снисхо'дитъ къ весёлымъ доли'намъ,
Гдѣ мчи'тся Ара'гва въ тѣни'стыхъ брега'хъ.
И ни'щій наѣ'здникъ таи'тся въ ущс'льи,
Гдѣ Те'рекъ игра'стъ въ свирѣ'помъ весе'льи.

Игра'етъ и во'етъ, какъ звѣрь молодо'й,
Зави'дѣвшій пи'щу изъ клѣ'тки желѣ'зной;
И бьётся о бе'регъ въ враждѣ' бсзполе'зной
И ли'жетъ утёсы голо'дной волно'й...
Вотще'! нѣтъ ни пи'щи ему', ни отра'ды:
Тѣсня'тъ его' гро'зно нѣмы'я грома'ды.

Пушкинъ.

———

Каза'чья колыбе'льная пѣ'сня.

Спи, младе'нецъ мой прекра'сный,
   Ба'юшки-баю'.
Ти'хо смо'тритъ мѣ'сяцъ я'сный
   Въ колыбе'ль твою'.
Ста'ну ска'зывать я ска'зки,
   Пѣ'сеньку спою';
Ты-жъ дремли', закры'вши гла'зки,
   Ба'юшки-баю'.

По камня'мъ струи'тся Те'рекъ,
   Пле'щетъ му'тный валъ;
Злой чече'нъ ползётъ на бе'регъ,
   То'читъ свой кинжа'лъ;
Но оте'цъ твой — ста'рый во'инъ,
   Закалёнъ въ бою';
Спи, малю'тка, будь споко'енъ,
   Ба'юшки-баю'.

Самъ узна'ешь — бу'детъ вре'мя —
   Бра'нное житьё;

Et le berger descend vers les riantes vallées,
Où l'Aragua coule entre ses rives ombreuses ;
Et le pauvre vagabond s'abrite dans le ravin,
Où le Térek joue avec une joie sauvage.

Il joue, il mugit comme une jeune bête fauve,
Qui épie de loin sa nourriture dans sa cage de fer ;
Il se débat contre ses bords en vaine fureur,
Et il lèche les rochers avec l'onde affamée.
En vain ! il n'y a pour lui ni aliments ni soulagement.
Les grandes masses muettes, menaçantes, l'étreignent.

Pouchkine.

La berceuse cosaque.

Dors mon beau petit bébé,
    Dodo, l'enfant do.
Silencieuse, la lune claire regarde
    Dans ton berceau.
Je vais te raconter des fables,
    Chanter une chansonnette.
Mais toi, sommeille, ferme tes petits yeux.
    Dodo, l'enfant do.

A travers les pierres coule le Térek,
    L'onde troublée murmure ;
Le méchant Tchéchenetz rode sur la rive,
    Il aiguise son poignard ;
Mais ton père, — le vieux guerrier,
    Est endurci dans les combats ;
Dors, mon petit, et sois tranquille !
    Dodo, l'enfant do.

Tu connaîtras toi-même, — un temps viendra, —
    La vie guerrière ;

31

Смѣ́ло вдѣ́нешь но́гу въ стре́мя
И возьмёшь ружьё.
Я сѣде́льце боево́е
Шёлкомъ разошью́…
Спи, дитя́ моё родное,
Ба́юшки-баю́.

Богаты́рь ты бу́дешь съ ви́ду
И каза́къ душо́й.
Провожа́ть тебя́ я вы́йду —
Ты махнёшь руко́й…
Ско́лько го́рькихъ слёзъ укра́дкой
Я въ ту ночь пролью́!…
Спи, мой а́нгелъ, ти́хо, сла́дко,
Ба́юшки-баю́.

Ста́пу я тоско́й томи́ться,
Безутѣ́шно ждать;
Ста́ну цѣ́лый день моли́ться,
По ноча́мъ гада́ть;
Ста́ну ду́мать, что скуча́ешь
Ты въ чужо́мъ краю́…
Спи-жъ, пока́ забо́тъ не зна́ешь,
Ба́юшки-баю́.

Дамъ тебѣ́ я на доро́гу
Образо́къ свято́й;
Ты его́, моля́ся Бо́гу,
Ставь пе́редъ собо́й;
Да, гото́вясь въ бой опа́сный,
По́мни мать свою́…
Спи, младе́нецъ мой прекра́сный,
Ба́юшки-баю́.

Лермонтовъ.

Vaillamment tu mettras le pied à l'étrier.
    Et prendras le fusil.
Je broderai ta selle de bataille
    Avec de la soie.
Dors, mon bébé à moi,
    Dodo, l'enfant do.

Un héros tu seras de visage
    Et un Cosaque d'esprit.
Pour t'accompagner je sortirai —
    Tu me salueras de la main . . .
Que des larmes amères en secret
    Cette nuit-là je verserai ! . .
Dors, mon ange, paisiblement, doucement !
    Dodo, l'enfant do.

Je me tourmenterai de chagrin,
    Je t'attendrai désespérée ;
Je prierai le jour entier,
    Dans les nuits je serai torturée d'appréhensions,
Je penserai que tu es chagriné
    En contrée étrangère . . ,
Dors donc, tant que tu ne connais pas le soucis,
    Dodo, l'enfant do.

Je te donnerai pour ton voyage
    Une image de Saint.
Et toi, pour prier Dieu,
    Place-là devant toi ;
En affrontant les dangers du combat,
    Souviens-toi de ta mère.
Dors, mon petit garçon,
    Dodo, l'enfant do.

Lermontoff.

Чёрная шаль.

Гляжу́ какъ безу́мный на чёрную шаль,
И хла́дную ду́шу терза́етъ печа́ль.

Когда́ легковѣ́ренъ и мо́лодъ я былъ,
Младу́ю Греча́нку я стра́стно люби́лъ.

Преле́стная дѣ́ва ласка́ла меня́;
Но ско́ро я до́жилъ до чёрнаго дня.

Одна́жды я созва́лъ весёлыхъ госте́й:
Ко мнѣ постуча́лся презрѣ́нный Евре́й.

Съ тобо́ю пиру́ютъ (шепну́лъ онъ) дру́зья;
Тебѣ́-жъ измѣни́ла Греча́нка твоя́.

Я далъ ему́ зла́та и про́клялъ его́,
И вѣ́рнаго позва́лъ раба́ моего́.

Мы вы́шли: я мча́лся на бы́стромъ конѣ́,
И кро́ткая жа́лость молча́ла во мнѣ.

Едва́ я зави́дѣлъ Греча́нки поро́гъ,
Глаза́ потемнѣ́ли, я весь изнемо́гъ...

Въ поко́й отдалённый вхожу́ я оди́нъ...
Невѣ́рную дѣ́ву лобза́лъ Армяни́нъ.

Не взви́дѣлъ я свѣ́та: була́тъ загремѣ́лъ...
Прерва́ть поцѣлу́я злодѣ́й не успѣ́лъ.

Безгла́вое тѣ́ло я до́лго топта́лъ,
И мо́лча на дѣ́ву, блѣднѣ́я, взира́лъ.

Я по́мню моле́нья, теку́щую кровь...
Поги́бла Греча́нка, поги́бла любо́вь.

Съ главы́ ея́ мёртвой снявъ чёрную шаль,
Отёръ я безмо́лвно крова́вую сталь.

Мой рабъ, какъ наста́ла вече́рняя мгла,
Въ Дуна́йскія во́лны ихъ бро́силъ тѣла́.

Съ тѣхъ поръ не цѣлу́ю преле́стныхъ оче́й,
Съ тѣхъ поръ я не зна́ю весёлыхъ ноче́й.

Гляжу́ какъ безу́мный на чёрную шаль,
И хла́дную ду́шу терза́етъ печа́ль.

Пушкинъ.

Le châle noir.

Je regarde comme un insensé sur le châle noir,
Et le chagrin déchire mon âme glacée.

Quand j'étais crédule et jeune
J'aimais passionnément une jeune Grecque,

La charmante fille me caressait ;
Mais bientôt je vis le jour funeste.

Un jour j'avais invité de joyeux convives :
Chez moi un Hébreu méprisé frappa.

Avec toi (murmura-t-il) les amis se régalent.
Mais déjà ta Grecque t'est devenue infidèle.

Je lui donnais de l'or et je le maudissais ;
Et j'appelais mon fidèle serviteur.

Nous sortîmes, je m'élançais sur mon cheval rapide,
Et la tendre pitié se tut en moi.

A peine aperçus-je le seuil de sa maison
Que mes yeux s'obscurcirent, et je restais tout déconcerté.

Dans l'appartement retiré j'entrais seul ...
Un Arménien embrassait la fille infidèle.

Je ne vis pas de lumière ! le fer grinça ...
A interrompre son baiser le misérable n'eut le temps.

Longtemps je foulais sous mes pieds le corps décapité,
Et silencieux, blême, je regardais la fille,

Je me souviens des instances, du sang répandu ...
La Grecque a péri, l'amour a péri.

Ayant retiré de sa tête la morte, le châle noir,
En silence j'essuyais mon fer sanglant.

Mon serviteur, lorsque la brume du soir fut venue,
Jeta leurs corps dans les flots du Danube,

Dès lors je ne baise plus des yeux ravissants,
Dès lors je ne connais pas de nuits joyeuses.

Je regarde comme un insensé sur le châle noir,
Et le chagrin déchire mon âme glacée.

Pouchkine.

Черке́сская пѣ́сня.

Въ рѣкѣ́ бѣжи́тъ грему́чій валъ;
Въ гора́хъ безмо́лвіе ночно́е;
Каза́къ уста́лый задрема́лъ,
Склоня́сь на копіё стально́е.
Не спи, каза́къ: во тьмѣ ночно́й
Чече́нецъ хо́дитъ за рѣко́й.

Каза́къ плыветъ на челнокѣ́,
Влача́ по дну рѣчно́му сѣ́ти.
Каза́къ уто́нешь ты въ рѣкѣ́,
Какъ то́нутъ ма́ленькія дѣ́ти,
Купа́ясь жа́ркою поро́й:
Чече́нецъ хо́дитъ за рѣко́й.

На берегу́ завѣ́тныхъ водъ
Цвѣту́тъ бога́тыя стани́цы;
Весёлый пля́шетъ хорово́дъ.
Бѣги́те, ру́сскія пѣви́цы;
Спѣши́те, кра́сныя, домо́й:
Чече́нецъ хо́дитъ за рѣко́й.

Пушкинъ.

Учёный сынъ.

Сынъ пріѣ́халъ изъ го́рода къ отцу́ въ дере́вню. Оте́цъ сказа́лъ: „Ны́нче поко́съ, возьми́ гра́бли и пойдёмъ, пособи́ мнѣ“. А сы́ну не хотѣ́лось рабо́тать, онъ и говори́тъ: „Я учи́лся нау́камъ, а всё мужи́цкія слова́ забы́лъ; что тако́е гра́бли?“ То́лько онъ пошёлъ по двору́, наступи́лъ на гра́бли; онѣ́ его́ уда́рили въ лобъ. Тогда́ отъ и вспо́мнилъ, что тако́е гра́бли, хвати́лся за лобъ и говори́тъ: „И что за дура́къ тутъ гра́бли бро́силъ!“

Толстой.

Le chant tcherkesse (caucasien).

Dans le fleuve roule l'onde bruyante ;
Sur les montagnes règne le sombre nocturne ;
Le Cosaque fatigué s'est endormi,
Appuyé sur sa lance d'acier.
Ne dors pas, Cosaque : dans les ténèbres nocturnes
Le Tchétchenetz rode au delà de la rivière.

Le Cosaque vogue dans sa nacelle,
Trainant au fond de la rivière ses filets.
Cosaque, tu te noyeras dans le fleuve,
Comme se noient les petits enfants,
Se baignant dans la saison chaude :
Le Tchétchenetz rode au delà de la rivière.

Au bord des eaux sacrées
Fleurissent des riches villages ;
La troupe joyeuse danse ;
Fuyez, chanteuses russes ;
Courez, mes belles à la maison :
Le Tchétchenetz rode au delà de la rivière.

Pouchkine.

Le fils savant.

Un fils arriva de la ville de chez son père à la campagne. Le père dit : «Voilà le temps de la fenaison, prends un râteau ; allons, aide-moi». Mais le fils n'avait aucune envie de travailler et il répliqua : «J'ai étudié les sciences et j'ai oublié tous les termes rustiques ; qu'est-ce donc qu'un râteau ?» Au même moment il traversait la cour, mit le pied sur un râteau, et celui-ci le frappa au front. Alors ils se souvint de suite ce que c'était qu'un râteau ; il se tâta le front et dit : «Quel imbécile a jeté là le râteau ?»

Tolstoï.

37

Слѣпо́й и молоко́.

Оди́нъ слѣпо́й отъ ро́ду спроси́лъ зря́чаго: „како́го цвѣ́та молоко́? Зря́чій сказа́лъ: „цвѣ́тъ молока́ тако́й же бѣ́лый, какъ и бума́га“. Слѣпо́й спроси́лъ: „зна́читъ э́тотъ цвѣтъ та́кже шурши́тъ подъ рука́ми, какъ бума́га?

Зря́чій сказа́лъ: „нѣтъ, онъ бѣ́лый, какъ мука́ быва́етъ бѣ́лая“.

Слѣпо́й спроси́лъ: „онъ тако́й же мя́гкій и сыпу́чій, какъ мука́?“

Зря́чій отвѣча́лъ: „нѣтъ — онъ про́сто бѣ́лый, какъ за́яцъ-бѣля́къ“.

Слѣпо́й сказа́лъ: „что же, онъ и пуши́стый и мл́гкій, какъ за́яцъ?“

Зря́чій сказа́лъ: „нѣтъ, бѣ́лый цвѣтъ то́чно тако́й, какъ снѣгъ“.

Слѣпо́й спроси́лъ: „онъ вѣ́рно и тако́й же холо́дный, какъ снѣгъ?“

И ско́лько примѣ́ровъ зря́чій ни приводи́лъ, слѣпо́й ника́къ не могъ поня́ть, какой быва́етъ цвѣтъ молока́.

Толстой.

Буранъ.

Я увидѣлъ на краю неба бѣлое облачко, которое принялъ было сперва за отдалённый холмикъ. Ямщикъ изъяснилъ мнѣ, что облачко предвѣщало буранъ.

Я слыхалъ о тамошнихъ метеляхъ и зналъ, что цѣлые обозы бывали ими занесены.

Савельичъ, согласно съ мнѣніемъ ямщика, совѣтовалъ воротиться. Но вѣтеръ показался мнѣ не силёнъ: я понадѣялся добраться заблаговременно до слѣдующей станціи и велѣлъ ѣхать скорѣе.

Ямщикъ поскакалъ, но всё поглядывалъ на востокъ. Лошади бѣжали дружно. Вѣтеръ между тѣмъ часъ отъ часу становился сильнѣе. Облачко обратилось въ бѣлую тучу, которая тяжело подымалась, росла и

L'aveugle et le lait.

Un aveugle-né demanda à un voyaut: «De quelle couleur est le lait»?

Le voyant dit: «La couleur du lait est telle que le papier blanc». L'aveugle demanda: «Donc cette couleur crépite aussi sous les mains comme le papier?» Le Le voyant dit: «Non, elle est blanche, comme la farine est blanche». L'aveugle demanda: «Est-elle aussi douce et peut-on la poudrer comme la farine?» Le voyant réponditt: «Non, elle est simplement blanche, par exemple, comme un lapin blanc». L'aveugle reprit: «Comment donc? Est-elle également veloutée et mœlleuse ainsi qu'un lapin? Le voyant dit: «Non, la couleur blanche est exactement semblable à la neige».

L'aveugle répliqua: Elle est probablement aussi froide que la neige?»

Et le voyant eut beau citer des exemples, l'aveugle ne put comprendre quelle est la couleur du lait.

Tolstoï.

Tempête de neige.

J'aperçus au bord du ciel un petit nuage blanc que je pris d'abord pour une lointaine petite colline. Le postillon m'expliqua que ce petit nuage annonçait une tourmente de neige.

J'avais entendu parler des bourrasques de ce pays, et je savais que des chariots entiers étaient ensevelis par elles.

Sawélits, d'accord avec l'avis du postillon, conseilla de retourner. Mais le vent ne me paraissait pas violent, et j'espérais parvenir à temps à la station suivante. J'ordonnais donc d'aller plus vite.

Le postillon partit au galop, mais il regardait constamment du côté de l'est. Les chevaux couraient vivement. Cependant le vent devenait, d'heure en heure plus fort. Le petit nuage se changea en une nuée blanche, qui s'élevait lourdement, grandissait et enveloppait

постепенно облегала небо. Пошёлъ мелкій снѣгъ, и вдругъ повалилъ хлопьями. Вѣтеръ завылъ: сдѣлалась метель. Въ одно мгновенье тёмное небо смѣшалось съ снѣжнымъ моремъ. Всё исчезло,

„Ну, баринъ“, закричалъ ямщикъ, „бѣда, буранъ!“

Пушкинъ.

Утро въ Пятигорскѣ.

Вчера я пріѣхалъ въ Пятигорскъ, нанялъ квартиру на краю города, на самомъ высокомъ мѣстѣ, у подошвы Машука: во время грозы облака будутъ спускаться до моей кровли. Нынѣ въ пять часовъ утра, когда я открылъ окно, моя комната наполнилась запахомъ цвѣтовъ, растущихъ въ скромномъ палисадникѣ. Вѣтви цвѣтущихъ черешенъ смотрятъ мнѣ въ окно, и вѣтеръ иногда осыпаетъ мой письменный столъ ихъ бѣлыми лепестками. Видъ съ трёхъ сторонъ у меня чудесный: на западѣ пятиглавый Бешту синѣетъ, какъ „послѣдняя туча разсѣянной бури“; на сѣверѣ подымается Машукъ, какъ мохнатая персидская шапка, и закрываетъ всю эту часть небосклона. На востокъ смотрѣть веселѣе: внизу передо мною пестрѣетъ чистенькій, новенькій городокъ, шумятъ цѣлебные ключи, шумитъ разноязычная толпа, — а тамъ дальше, амфитеатромъ громоздятся горы всё синѣе и туманнѣе, а на краю горизонта тянется серебряная цѣпь снѣговыхъ вершинъ, начинаясь Казбекомъ и оканчиваясь двуглавымъ Эльборусомъ... Весело жить въ такой землѣ! Какое то отрадное чувство разлито во всѣхъ моихъ жилахъ. Воздухъ чистъ и свѣжъ, какъ поцѣлуй ребёнка; солнце ярко, небо сине — чего бы. кажется, больше?

Лермонтовъ.

---

graduellement le ciel. Une neige fine tombait, mais tout à coup il neigea à gros flocons. Le vent se mit à hurler, la bourrasque commençait. En un instant le ciel obscurci se confondit avec l'océan de neige. Tout disparut. «Voilà, monsieur», s'écria le postillon. «Malheur à nous! La tourmente!».

Pouchkine.

———

Un matin à Piatigorsk.

Hier je suis arrivé à Piatigorsk, j'ai loué un appartement à l'extrémité de la ville, dans la partie la plus élevée, au pied de Machouk. Pendant un orage les nuages descendront jusqu'à mon toit. Aujourd'hui, à cinq heures du matin, lorsque j'ai ouvert la fenêtre ma chambre s'est remplie de l'odeur des fleurs croissant dans le modeste petit jardin.

Les branches des bourdaines fleurissantes me regardent par la fenêtre et parfois le vent jonche mon bureau de leurs pétales blancs. Des trois côtés la vue chez moi est merveilleuse. A l'ouest se montre le Beïtou aux cinq sommets, bleuâtre comme «la dernière nuée d'un orage évanoui»; au nord le Machouk se dresse comme un velu bonnet persan, couvrant tout ce côté de l'horizon. Il est plus agréable de regarder vers l'est. Là-bas, devant moi étincelle une petite ville propre et toute neuve; on entend le murmure des sources thermales, de la multitude aux langues variées, — mais là, plus au loin, s'étagent, comme un amphithéâtre, des montagnes toujours plus bleues, toujours plus imprécises et au bord de l'horizon se range une chaîne argentée de cimes neigeuses, à commencer par le Kasbek et à finir par l'Elbrus au double sommet. C'est chose charmante que de vivre sur une pareille terre! Un vague sentiment de délices est versé dans toutes mes veines. Cet air pur et frais comme le baiser d'un enfant; ce soleil clair, ce ciel bleu — que peut-on désirer de plus?

Lermontoff.

———

41

Капитанская дочка.

(Отрывки).

Приступъ.

Мятежники съѣзжались около своего предводителя (Пугачёва) и вдругъ начали слѣзать съ своихъ лошадей. „Теперь стойте крѣпко“, сказалъ комендантъ, „будетъ приступъ“. Въ эту минуту раздался страшный визгъ и крики; мятежники бѣгомъ бѣжали къ крѣпости. Пушка наша варяжена была картечью. Комендантъ подпустилъ ихъ на самое близкое разстояніе и вдругъ выпалилъ опять. Картечь хватила въ въ самую средину толпы. Мятежники отхлынули въ обѣ стороны и попятились. Предводитель ихъ остался одинъ впереди... Онъ махалъ саблею и, казалось, съ жаромъ ихъ уговаривалъ. — Крикъ и визгъ, умолкнувшіе на минуту, тотчасъ снова возобновились. „Ну, ребята“, сказалъ комендантъ: „теперь отворяй ворота, бей въ барабанъ! Ребята, впередъ, на вылазку! за мною!“

Комендантъ, Иванъ Игнатьичъ и я мигомъ очутились за крѣпостнымъ валомъ; но оробѣлый гарнизонъ не тронулся. „Что же вы, дѣтушки, стоите“? закричалъ Иванъ Кузьмичъ: „Умирать, такъ умирать, дѣло служивое!“ Въ эту минуту мятежники набѣжали на насъ и ворвались въ крѣпость. Барабанъ умолкъ; гарнизонъ бросилъ ружья; меня сшибли было съ ногъ, но я всталъ и вмѣстѣ съ мятежниками вошёлъ въ крѣпость. Комендантъ, раненый въ голову, стоялъ въ кучкѣ злодѣевъ, которые требовали отъ него ключей.

La Fille du Capitaine.

(Morceaux).

L'Assaut.

Les révoltés s'assemblèrent autour de leur chef et descendirent tout-à-coup de leurs chevaux. «Tenez-vous ferme maintenant», dit le commandant, «ils vont essayer un assaut», au même moment retentirent des hurlements et des cris terribles; les révoltés s'approchaient de la forteresse au pas de course. Notre canon était chargé de mitraille. Le commandant les laissa s'approcher aussi près que possible, puis tira de nouveau. La mitraille tomba au milieu de la foule. Les révoltés s'éloignèrent des deux côtés et reculèrent. Leur chef resta seul devant eux ... Il brandissait son sabre et paraissait leur parler avec chaleur. — Les cris et les hurlements, qui s'étaient tûs pour quelque temps recommencèrent de nouveau. — «Eh bien, mes enfants!» dit le commandant, «ouvrez les portes, battez la caisse! Enfants, en avant! Faisons une sortie! Suivez-moi!»

Le commandant, Ivan Ignatjitche et moi, nous étions un moment plus tard au delà de l'enceinte de la forteresse, mais la garnison, saisie d'une panique, ne bougea pas. «Que restez-vous sur la même place, enfants?» s'écria Ivan Kousmitche. «Mourons, s'il faut mourir; cela fait partie de notre service!» Au même instant les révoltés étaient sur nous et pénétrèrent dans la forteresse. Le tambour se tut; la garnison jeta les fusils par terre, j'avais été busculé, mais je me remis sur les jambes et je pénétrais dans la forteresse en même temps que les révoltés. Le commandant, blessé à la tête, était entouré d'un tas de brigands qui lui demandaient les clefs.

Я бросился было къ нему на помощь: нѣсколько дюжихъ казаковъ схватили меня и связали кушаками, приговаривая: „Вотъ уже вамъ будетъ, государевымъ ослушникамъ!" Насъ потащили по улицамъ; жители выходили изъ домовъ съ хлѣбомъ и солью. Раздавался колокольный звонъ. Вдругъ кто-то закричалъ въ толпѣ, что государь на площади ожидаетъ плѣнныхъ и принимаетъ присягу. Народъ повалилъ на площадь, насъ погнали туда же.

Пугачёвъ сидѣлъ въ креслахъ на крыльцѣ комендантскаго дома. На нёмъ былъ красный казацкій кафтанъ, обшитый галунами. Высокая соболья шапка съ золотыми кистями была надвинута на его сверкающіе глаза. Лицо показалось мнѣ знакомо. Казацкіе старшины окружали его. Отецъ Герасимъ, блѣдный и дрожащій, стоялъ у крыльца, съ крестомъ въ рукахъ и, казалось, молча умолялъ его за предстоящія жертвы. На площади ставили наскоро висѣлицу. Когда мы приблизились, башкирцы разогнали народъ и насъ представили Пугачёву. Колокольный звонъ утихъ; настала глубокая тишина: „Который комендантъ"?, спросилъ самозваненцъ (quelqu'un qui prend le nom d'une autre personne, ici c'est donc Pseudo-Pierre). Нашъ урядникъ выступилъ изъ толпы и указалъ на Ивана Кузьмича. Пугачёвъ грозно взглянулъ на старика и сказалъ ему: „Какъ ты смѣлъ противиться мнѣ, своему государю?" Комендантъ, изнемогая отъ раны, собралъ послѣднія силы и отвѣчалъ твёрдымъ голосомъ: „Ты мнѣ не государь; ты — воръ и самозванецъ, слышь ты!" Пугачёвъ мрачно нахмурился и

Je m'élançais pour lui porter secours; mais quelques robustes cosaques me saisirent, et me lièrent de leurs ceintures en disant: «Vous aurez votre fait, vous qui désobéissez à l'empereur!» On nous traîna à travers les rues; les habitans sortaient de leurs maisons portant du pain et du sel. Les cloches de l'église sonnaient. Tout-à-coup quelqu'un dans la foule cria que l'empereur était sur la place du marché, où il attendait les prisonniers et recevait le serment des habitants. Le peuple se **rua** dans la direction du marché, où on nous força d'aller.

Pougatcheff occupait un fauteil placé sur l'escalier de la maison du commandant. Il portait un caftan rouge à la mode des cosaques, galonné de tresse d'or. Un haut bonnet de zibleine orné de frange d'or couvrait presque ses yeux pleins de feu. Sa figure me parut connue. Des officier cosaques l'entouraient. Le père Gérassime, pâle et tremblant, était debout au bas de l'escalier tenant une croix dans la main et paraissait lui demander en silence grâce pour les futures victimes. On érigeait à la hâte un gibet au milieu de la place du marché. Lorsque nous nous fûmes approchés, les Bachkires chassèrent le peuple et nous présentèrent à Pougatcheff. Le son des cloches se tût, un profond silence régna partout: «Qui en est le commandant? demanda l'imposteur. Notre sous-officier des cosaques sortit de la foule et montra Ivan Kousmitche. Pougatcheff jeta un regard sévère sur le vieillard et lui dit: «Comment as-tu osé me faire opposition, à moi, ton empereur?» Le commandant, presque évanoui à cause de sa blessure, rassemblait ses dernières forces et répondit d'une voix ferme: «Tu n'es pas mon empereur; tu es un brigand et un imposteur qui lui a volé le nom, entends-tu! Pougatcheff fronça les sourcils et

махнулъ бѣлымъ платкомъ. Нѣсколько казаковъ подхватили стараго капитана и потащили къ висѣлицѣ. На ея перекладинѣ очутился верхомъ изувѣченный башкирецъ, котораго допрашивали мы наканунѣ. Онъ держалъ въ рукѣ верёвку и черезъ минуту увидѣлъ я бѣднаго Ивана Кузьмича вздёрнутаго на воздухъ. Тогда привели къ Пугачёву Ивана Игнатьича. „Присягай“, сказалъ ему Пугачёвъ: „Государю Петру Ѳеодоровичу!“ „Ты намъ не государь“, отвѣчалъ Иванъ Игнатьевичъ, повторяя слова своего капитана. „Ты, дядюшка,—воръ и самозванецъ!“ Пугачёвъ махнулъ опять платкомъ, и добрый поручикъ повисъ подлѣ своего стараго капитана.

Очередь была за мною. Я глядѣлъ смѣло на Пугачёва, готовясь повторить отвѣтъ великодушныхъ моихъ товарищей. Тогда, къ неописанному моему удивленію, увидѣлъ я среди мятежныхъ старшинъ Швабрина, обстриженнаго въ кружокъ и въ казацкомъ кафтанѣ. Онъ подошёлъ къ Пугачёву и сказалъ ему на-ухо нѣсколько словъ. „Вѣшать его!“ сказалъ Пугачёвъ, не взглянувъ уже на меня. Мнѣ накинули на шею петлю. Я сталъ читать про себя молитву, принося Богу искреннее мое раскаяніе во всѣхъ моихъ прегрѣшеніяхъ и моля Его о спасеніи всѣхъ близкихъ моему сердцу. Меня притащили подъ висѣлицу. „Небось, небось“, повторяли мнѣ губители, можетъ быть, и вправду желая ободрить меня. Вдругъ услышалъ я крики: „Постойте, окаянные, погодите!...“ Палачи остановились. Гляжу: Савельичъ лежитъ въ ногахъ у Пугачёва. „Отецъ родной!“ говорилъ бѣдный дядька: „что тебѣ

fit un signe avec un mouchoir blanc. Quelques cosaques
saisirent le vieux capitaine et le traînèrent vers le gibet.
Sur la solive transversale apparut, assis à califourchon,
le Bachkire estropié qu'on avait interrogé la veille. Il
tenait dans la main une corde et quelques moments plus
tard je vis le pauvre Ivan Kousmitche suspendu dans
les airs. Alors on amena à Pougatcheff Ivan Ignatiitche.
«Prête serment», dit Pougatcheff, «à l'empereur Pierre
Féodorovitche! «Tu n'es pas notre empereur», répondit
Ivan Ignatiitche, répétant les paroles de son capitaine.
«Oncle, tu es un brigand et un imposteur!» Pougatcheff
fit de nouveau un signe avec le moucoir et le bon lieu-
tenant fut pendu à côté du capitaine.

C'était mon tour. Je regardais courageusement Pougatcheff, me préparant à répéter la réponse de mes
braves camarades. A mon grand étonnement, je vis au
milieu des chefs révoltés Shwabrine, qui s'était fait cou-
per les cheveux en cercle (habitude du peuple russe) et
portait un habit de cosaque. Il s'approcha de Pougatcheff et lui dit quelques mots à l'oreille. «Pendez-le!»
fit Pougatcheff, sans plus jeter un regard sur moi. On
me mit la corde au cou. Je priais à voix basse, deman-
dant sincèrement à Dieu pardon pour tous mes péchés
et lui adressais des prières pour le salut de ceux qui
étaient proches à mon cœur. On m'amena au pied de la
potence. «Courage, courage!» répétaient mes meurtriers,
voulant peut-être en effet me donner du courage. Tout-
à-coup j'entendis crier: «Attendez, maudits, attendez!»
Les meurtriers s'arrêtèrent. Je regarde et vois Savélitche
étendu aux pieds de Pougatcheff. «O, mon père! disait
mon vieux menin (1). «Quel est le profit que tu auras

____

1) Menin — éducateur et sirviteur.

въ смерти барскаго дитяти? Отпусти его; за него тебѣ выкупъ дадутъ; а для примѣра и страха ради, вели повѣсить хоть меня, старика!“ Пугачёвъ далъ знакъ и меня тотчасъ развязали и оставили. „Батюшка нашъ тебя милуетъ,“ говорили мнѣ. Въ эту минуту, не могу сказать, чтобъ я обрадовался своему избавленію, не скажу, однакожъ, чтобъ я о нёмъ и сожалѣлъ. Чувствованія мои были слишкомъ смутны. Меня снова привели къ самозванцу и поставили передъ нимъ на колѣни. Пугачёвъ протянулъ мнѣ жилистую свою руку. „Цѣлуй руку, цѣлуй руку!“ говорили около меня. Но я предпочёлъ бы самую лютую казнь такому подлому униженію. „Батюшка, Пётръ Андреичъ! шепнулъ Савельичъ, стоя за мной и толкая меня. „Не упрямься! что тебѣ стоитъ? плюнь, да поцѣлуй у злод... (тьфу!) поцѣлуй у него ручку“. Я не шевелился. Пугачёвъ опустилъ руку, сказавъ съ усмѣшкою: „Его благородіе знать одурѣлъ отъ радости. Подымите его!“ Меня подняли и оставили на свободѣ. Я сталъ смотрѣть на продолженіе ужасной комедіи. Жители начали присягать. Они подходили одинъ за другимъ, цѣлуя распятіе и потомъ кланялсь самозванцу. Гарнизонные солдаты стояли тутъ же. Ротный портной, вооружённый тупыми своими ножницами, рѣзалъ у нихъ косы. Они, отряхиваясь, подходили къ рукѣ Пугачёва, который объявлялъ имъ прощеніе и принималъ ихъ въ свою шайку. Всё это продолжалось около трёхъ часовъ. Наконецъ Пугачёвъ всталъ съ креселъ и сошёлъ съ крыльца въ сопровожденіи своихъ старшинъ. Ему подвели бѣлаго коня,

de la mort du fils de mon maître? Rends lui la liberté ;
on te payera une rançon pour lui ; et pour faire un
exemple et intimider les gens, ordonne de me pendre,
moi, vieillard !» Pougatcheff fit un signe et aussitôt mes
liens me furent ôtés et je fus libre.

«Notre père te fait grâce», me disait-on. Je ne puis
pas dire que je me réjouis à ce moment d'être sauvé,
je ne dis pas non plus que je le regrettais. Mes senti-
ments étaient trop indéfinis. On m'amena de nouveau à
l'imposteur et me mit à genoux devant lui. Pougatcheff
m'étendit sa grossière main. «Baise la main, baise la
main», disait-on autour de moi. Mais j'aurais préféré la
mort la plus douloureuse à cette ignominie». «Oh, mon
bon Peter Andréitche !», me dit à l'oreille Savéliitche
qui était derrière moi et me faisait des signes. «Ne sois
pas entêté ! Que coûte cela? crache et embrasse au brigand (pouah !), baise-lui la main». Je ne bougeais pas.
Pougatcheff abaissa la main et dit en souriant: «Ce
gentilhomme est devenu stupide de joie. Relevez-le». On
me releva et me rendit ma liberté. Je restais témoin de
la continuation de l'affreuse comédie.

Les habitants commencèrent à prêter serment. Ils
s'appochèrent l'un après l'autre, baisaient la croix et sa-
luaient après l'imposteur. Lee soldats de la garnison
étaient aussi là. Le tailleur de la compagnie leur coupait avec des ciseaux émoussés leurs cheveux se terminant
en queue. Ils se secouaient et baisaient la main de Pougatcheff qui leur annonçait leur pardon et les enrôlait dans
sa bande. Tout cela dura à peu près trois heures. Enfin
Pougatcheff quitta son fauteuil et descendit l'escalier accom-
pagné de ses officiers. On lui amena un cheval blanc,

украшеннаго богатой сбруей. Два казака взяли его подъ руки и посадили въ сѣдло. Онъ объявилъ отцу Герасиму, что будетъ обѣдать у него. Въ эту минуту раздался женскій крикъ. Нѣсколько разбойниковъ вытащили на крыльцо Василису Егоровну, растрёпанную и раздѣтую до-нага. Одинъ изъ нихъ успѣлъ уже нарядиться въ ея душегрѣйку. Другіе таскали перины, сундуки, чайную посуду, бѣльё и всю рухлядь. „Батюшки мои!“ кричала бѣдная старушка: „отпустите душу на покаяніе, отведите меня къ Ивану Кузьмичу!“ Вдругъ она взглянула на висѣлицу и узнала своего мужа. „Злодѣи!“ закричала она въ изступленіи. „Что вы это съ нимъ сдѣлали? Свѣтъ ты мой, Иванъ Кузьмичъ, удалая солдатская головушка! не тронули тебя ни штыки прусскіе, ни пули турецкія; не въ честномъ бою положилъ ты свой животъ, а сгинулъ отъ бѣглаго каторжника!“ — „Унять старую вѣдьму!“ сказалъ Пугачёвъ“. Тутъ молодой казакъ ударилъ её саблею по головѣ, и она упала мёртвая на ступени крыльца. Пугачёвъ уѣхалъ; народъ бросился за нимъ.

Пушкинъ.

Охота.

Хлѣбная уборка была во всёмъ разгарѣ. Необозримое, блестящее жёлтое поле замыкалось только съ одной стороны высокимъ, синѣющимъ лѣсомъ, который тогда казался мнѣ самымъ отдалённымъ, таинственнымъ мѣстомъ, за которымъ или кончается свѣтъ, или начинаются необитаемыя страны. Всё поле было покрыто копнами и народомъ.

orné d'un riche harnais. Il s'appuya sur deux cosaques
pour monter sur le cheval. Il annonça au père Gérassime
qu'il dînerait ehez lui. Au même moment des cris de
femme se firent entendre. Quelques brigands sortirent
sur l'escalier entraînant Wassilissa Jégorowna.

L'un d'eux avait déjà eu le temps de mettre sa dou-
chegréika (camisole). D'autres emportaient des lits de
plumes, des coffres, la vaisselle servant à prendre le thé
et tous les meubles. «Oh, mes bonnes gens!» criait la
pauvre vieille femme, «ayez pitié de moi! Bonnes gens,
conduisez-moi chez Ivan Kousmitche!» Tout-à-coup elle
jeta les yeux sur le gibet et aperçut son mari. «Brigands!»
cria-t-elle hors d'elle-même. Qu'avez-vous fait de lui? Oh,
excellent ami, Ivan Kousmitche, brave soldat! ni les baïo-
nettes des Prussiens ni les balles des Turcs n'ont pu te
faire quelque chose; ce n'est pas dans un honnête combat que tu es mort, un galérien échappé t'a tué». —
«Faites taire la vieille sorcière!» dit Pougatcheff. Un
jeune cosaque lui donna un coup de sabre sur la tête et
elle tomba raide-morte sur les marches de l'escalier. Pougatcheff partit; le peuple courut l'accompagner.

Pouchkine.

La chasse.

La moisson était à son apogée. Un champs jaune à
perte de vue et brillant, n'était bordé d'un côté que par
une haute forêt bleuâtre, qui me paraissait alors être le
lieu le plus éloigné et mystérieux derrière lequel etait
ou bien la fin du monde ou commençaient des pays inha-
bités. Le champs entier était couvert de meules et de
peuple.

Въ высокой, густой ржи виднѣлись кой-гдѣ, на выжатой полосѣ, согнутая спина жницы, взмахъ колосьевъ, когда она перекладывала ихъ между пальцевъ, женщина, въ тѣни, нагнувшаяся надъ люлькой, и разбросанные снопы, по усѣянному васильками жнивью. Въ другой сторонѣ мужики, въ однѣхъ рубахахъ, стоя на телѣгахъ, накладывали копны и пылили по сухому, раскалённому полю. Староста, въ сапогахъ и армякѣ въ накидку съ бирками въ рукѣ, издалека замѣтивъ пана, снялъ свою поярковую шляпу, утиралъ рыжую голову и бороду полотенцемъ и покрикивалъ на бабъ. Рыженькая лошадка, на которой ѣхалъ отецъ мой, шла лёгкой, игривой ходой, изрѣдка опуская голову къ груди, вытягивая поводья и смахивая густымъ хвостомъ оводовъ и мухъ, которые жадно лѣпились на неё. Двѣ борзыя собаки, напряжённо загнувъ хвостъ серпомъ и высоко поднимая ноги, граціозно перепрыгивали по высокому жнивью, за ногами лошади; Милка бѣжала впереди и загнувъ голову ожидала прикормки. Говоръ народа, топотъ лошадей и телѣгъ, весёлый свистъ перепёлокъ, жужжаніе насѣкомыхъ, которыя неподвижными стаями вились, запахъ полыни, соломы и лошадинаго пота, тысячи различныхъ цвѣтовъ и тѣней, которыя разливало палящее солнце по свѣтло-жёлтому жнивью, синей дали лѣса и бѣло-лиловымъ облакамъ, бѣлыя паутины, которыя носились въ воздухѣ или ложились по жнивью,— всё это я видѣлъ, слышалъ и чувствовалъ.

Au milieu du haut et épais froment, on voyait par ci par là, sur un champs déjà coupé, le dos courbé d'une récolteuse, des épis lancés en haut, lorsqu'elle les mettait entre ses doigts; plus loin une femme dans l'ombre, se penchant à côté d'un berceau et les meules éparses sur le champs couvert de bluets. D'un côté les paysans, habillés seulement d'une chemise, debout sur les chariots, les chargeaient et élevaient de la poussière sur le champ sec et brûlant; le staroste en bottes et portant son armiaque (habit) sur une épaule, tenait dans sa main le petit morceau de bois sur lequel il indiquait le nombre de meules; ayant aperçu de loin le propriétaire, il ôta son chapeau de feutre, essuya sa tête rousse et sa barbe d'un essuie-main et gronda les femmes. Le petit cheval alezan que montait mon père, allait d'un pas léger et presqu'en jouant, quelquefois il baissait sa tête jusqu'à sa poitrine et chassait de sa queue épaisse le taons et les mouches qui le couvraient avec avidité. Deux lévriers, tenant soigneusement leur queue courbée en faucille et levant bien haut leurs pieds, sautaient avec grâce à travers les hauts épis, derrière les jambes du cheval. Milca devançait son compagnon et attendait quelque morceau que son maître avait l'habitupe de lui donner. Les discours des paysans, le bruit des pas des chevaux et des chariots, le gai sifflement des alouettes, le bruissement des insectes, qui planaient en masse immobiles, l'odeur de l'absinthe, de la paille et de la sueur des chevaux, mille différentes couleurs et ombres, que répandait le soleil brûlant sur le champ jaune clair, sur la forêt bleue et lointaine et les nuages de couleur blanc-lila, les blanches toiles d'araignée qui volaient dans l'air ou se couchaient sur le champ — je voyais, j'entendais et je sentais tout cela.

Я подъѣхалъ къ Калиновому лѣсу; мы нашли линейку уже тамъ и, сверхъ всякаго ожиданія, ещё телѣгу въ одну лошадь, на срединѣ которой сидѣлъ буфетчикъ. Изъ подъ сѣна виднѣлись: самоваръ, кадка съ мороженой формой и ещё кое-какіе привлекательные узелки и коробочки. Нельзя было ошибиться: это былъ чай на чистомъ воздухѣ, мороженое и фрукты. При видѣ телѣги, мы изъявили шумную радость, потому что пить чай въ лѣсу на травѣ, и вообще на такомъ мѣстѣ, на которомъ никто и никогда не пивалъ чаю, считалось большимъ наслажденіемъ.

Турка подъѣхалъ къ острову, остановился, внимательно выслушалъ отъ отца моего подробное наставленіе, какъ равняться и куда выходить (впрочемъ онъ никогда не соображался съ этимъ наставленіемъ, а дѣлалъ пр своему), разомкнулъ собакъ не спѣша, сѣлъ на лошадь и, посвистыван, скрылся за молодыми берёзками. Разомкнутыя гончія прежде всего маханіемъ хвостовъ выразили своё удовольствіе, встряхнулись, оправились и потомъ уже маленькой рысцой, принюхиваясь и махая хвостами, побѣжали въ разныя стороны.

„Есть у тебя платокъ?“ спросилъ отецъ мой. Я вынулъ изъ кармана и показалъ ему.

„Ну, такъ возьми на платокъ эту сѣрую собаку“.

„Жирана?“ сказалъ я съ видомъ знатока.

„Да; и бѣги по дорогѣ. Когда придётъ полянка, остановись и смотри; ко мнѣ безъ зайца не приходить!“

Étant arrivés à la forêt de Kalinovo, nous y trouvâmes déjà la voiture et, contre notre attente, encore un chariot attelé d'un cheval' qui portait notre sommelier. Sous le foin on apercevait: le samovar, un seau avec la forme à glaces, et encore plusieurs autres paquets et boîtes, qui étaient très attrayants. Il était impossible de se tromper: c'était le thé en plein air, des glaces et des fruits. A la vue du chariot, nous exprimâmes notre joie avec beaudoup de tapage, car prendre le thé dans la forêt sur l'herbe et, en général, sur une place où jamais personne n'avait pris le thé, comptait parmi les grandes réjouissances.

Turca s'approcha de l'île, s'arrêta, écouta avec beaucoup d'attention les instructions détaillées de mon père, comment on devait se réunir et où il fallait aller (du reste il ne suivait jamais ces instructions et agissait toujours d'après ses propres idées), délia les chiens sans se hâter, s'assit sur son cheval et disparût sans hâte derrière les jeunes bouleaux. Les lévriers déliés témoignèrent de prime abord leur joie en brandissant leur queue, se secouèrent, firent leur toilette et alors seulement ils coururent au petit trot dans différentes directions flairant l'air en brandissant la queue.

«As-tu un mouchoir?» me demanda mon père. Je le tirai de la poche et le lui montrai.

«Eh bien, attache au mouchoir ce chien gris...»

«Girane?» fis-je avec la mine d'un connaisseur.

«Oui, et cours en suivant la route. Arrivé à un éclairci, arrête-toi et regarde; ne reviens pas chez moi sans avoir un lièvre.

Я обмоталъ платкомъ мохнатую шею Жирана и опрометью бросился бѣжать къ назначенному мѣсту. Папа смѣялся и кричалъ мнѣ во слѣдъ:

„Скорѣй, скорѣй! а то опоздаешь!“...

Жиранъ безпрестанно останавливался, поднимая уши, и прислушивался къ порсканью охотниковъ. У меня не доставало силъ стащить его съ мѣста, и я начиналъ кричать: „Ату! ату!“ Тогда Жиранъ рвался такъ сильно, что я насильно могъ удержать его, и не разъ упалъ, покуда добрался до мѣста. Избравъ у корня высокаго дуба тѣнистое и ровное мѣсто, я лёгъ на траву, усадилъ подлѣ себя Жирана и началъ ожидать. Воображеніе моё, какъ всегда бываетъ въ подобныхъ случаяхъ, ушло далеко впередъ дѣйствительности: я воображалъ себѣ, что травлю третьяго зайца, въ то время, какъ отзывалась въ лѣсу первая гончая. Голосъ Турки громче и одушевленнѣе раздался по лѣсу; гончая взвизгивала и голосъ ея слышался чаще и чаще; къ нему присоединился другой, басистый голосъ, потомъ третій и четвёртый... Голоса эти то замолкали, то перебивали другъ друга. Звуки постепенно становились сильнѣе и непрерывнѣе и, наконецъ, слились въ одинъ звонкій, заливистый гулъ.

Услышавъ это, я замеръ на своёмъ мѣстѣ. Вперивъ глаза въ опушку, я безсмысленно улыбался; потъ катился съ меня градомъ, и хотя капли его, сбѣгая по подбородку, щекотали меня, я не вытиралъ ихъ. Мнѣ казалось, что не можетъ быть рѣшительнѣе этой минуты.

Je roulais le mouchoir autour du cou velu de Girane
et courus à tue-tête vers la place indiquée. Papa riait et
criait à ma suite:

«Vite, vite! ou tu arriveras trop tard!»

Girane s'arrêta à tout instant, en pointant les oreilles
et écoutant le bruit des chasseurs. Les forces me man-
quaient pour l'entraîner de sa place et je me mettais à
crier atout! atout! Alors Girane tirait si fort, que c'est
avec beaucoup de peine que je pouvais le retenir et je
tombais plusieurs fois par terre avant d'atteindre la place
qui m'était destinée. Ayant choisi auprès de la racine
d'un chêne de haute stature une place unie et ombra-
gée je me couchais sur l'herbe, plaçant à côté de moi
Girane et j'attendais. Mon imagination, comme cela
arrive toujours dans de pareils cas, devança beaucoup
la réalité: je m'imaginais que je chassais le troisième
lièvre, lorsque dans la forêt se fit entendre la voix du
premier lièvre. La voix de Turca retentissait dans la
forêt avec plus d'éclat et plus d'animation, le lévrier hur-
lait de temps en temps, sa voix se faisait entendre de
plus en plus souvent, puis une autre voix vint s'y ajou-
ter, une voix de basse taille, puis une troisième et quat-
rième voix... tantôt ces voix se réunissaient, tantôt
elles interrompaient l'une l'autre. Les sons devenaient
de plus en plus forts et de plus longue durée et enfin
ils se réunirent pour former un bruit clair et perçant.

Entendant cela, je restais presque sans mouvement.
Fixant mes yeux sur la lisière de la forêt, je souriais
d'un rire d'idiot; la sueur coulait à flots, et quoique ses
gouttes descendaient jusqu'à mon menton, me chatouillas-
sent, je ne le essuyais pas. Il me paraissait que rien au
monde ne pouvait être aussi décisif que ce moment.

Положеніе этой напряженности было слишкомъ неестественно, чтобы продолжаться долго. Гончія то заливались около самой опушки, то постепенно отдалялись отъ меня; зайца не было. Я сталъ смотрѣть по сторонамъ. Съ Жираномъ было то же самое: сначала онъ рвался и взвизгивалъ, потомъ лёгъ подлѣ меня, положилъ морду мнѣ на колѣни и успокоился. Около оголившихся корней того дуба, подъ которымъ я сидѣлъ по сѣрой, сухой землѣ, между сухими дубовыми листьями, жолудями, пересохшими хворостниками, жёлто-зелёнымъ мхомъ и изрѣдка пробивавшимися тонкими, зелёными травками, кишмя кишѣли муравьи. Отъ этихъ интересныхъ наблюденій я былъ отвлечёнъ бабочкой, съ жёлтыми крылышками, которая весьма заманчиво вилась передо мною. Какъ только я обратилъ на неё вниманіе, она отлетѣла отъ меня шага на два, повилась надъ почти увядшимъ бѣлымъ цвѣткомъ дикаго клевера и сѣла на него. Не знаю, солнышко ли её пригрѣло, или она брала сокъ изъ этой травки, только видно было, что ей хорошо. Она изрѣдка взмахивала крылышками и прижималась къ цвѣтку; наконецъ, совсѣмъ замерла. Я положилъ голову на обѣ руки и съ удовольствіемъ смотрѣлъ на неё.

Вдругъ Жиранъ завылъ и рванулся съ такой силой, что я чуть было не упалъ. Я оглянулся. На опушкѣ лѣса, приложивъ одно ухо и приподнявъ другое, перепрыгивалъ заяцъ. Кровь ударила мнѣ въ голову, и я всё, забывъ въ эту минуту, закричалъ что-то неистовымъ голосомъ и бросился бѣжать.

Une position aussi tendue était trop contre-nature pour pouvoir durer longtemps. Les lévriers aboyaient tantôt à haute voix autour de la lisière, tantôt ils s'éloignaient de moi; le lièvre était invisible. Je me mis à regarder de côté, Girane faisait de même; d'abord il avait essayé de vains efforts pour regagner sa liberté et jetait de petits cris, puis il se coucha à côté de moi, me posa son museau sur le genou et se calma.

Autour des racines dénuées du chêne, sous lequel j'étais assis sur la terre grise et sèche, se mouvaient des milliers de fourmis entre les feuilles sèches du chêne, les glands, les branches sèches, la mousse jaune verdâtre, et les fines et vertes herbes qui perçaient par ci par là.

Je fus distrait de ces interessantes observations par un papillon aux ailes jaunes qui folâtrait d'une manière si attrayante devant moi. Dès qu'il eut attiré mon attention, il s'éloigna d'environ deux pas, plana quelques instans au-dessus d'une fleur blanche à demie fanée et s'assit dessus. Je ne sais, si c'est le soleil qui l'échauffa, ou bien s'il suçait le suc de cette fleur, mais. Il était seulement aisé de voir qu'il se sentait heureux Il secouait rarement ses ailes, se serrait à la fleur et parut enfin tomber en faiblesse. J'appuyai ma tête dans mes mains et le regardais avec plaisir.

Tout-à-coup Girane se mit a hurler et fit un tel effort que je fus prés de tomber de tout mon long. Je jetais un regard autour de moi. A la lisière de la forêt, une oreille tournée en bat et l'autre en haut, sautillait un lièvre. Le sang me monta à la tête et j'oubliais tout à ce moment; je criai quelque chose d'une voix sauvage et je me mis à courir.

Но не успѣлъ я этого сдѣлать, какъ уже сталъ раскаиваться: заяцъ присѣлъ, сдѣлалъ прыжокъ — и больше я его не видалъ.

Но каковъ былъ мой стыдъ, когда вслѣдъ за гончими показался Турка. Онъ видѣлъ мою ошибку и, презрительно взглянувъ на меня, сказалъ только: „Эхъ, баринъ!“ Но надо знать, какъ это было сказано! Мнѣ было бы легче, если бы онъ меня, какъ зайца, повѣсилъ на сѣдло!“

Долго стоялъ я въ сильномъ отчаяніи на томъ же мѣстѣ; не звалъ собаки, а только твердилъ:

„Боже мой, что я надѣлалъ!“

Я слышалъ, какъ гончія погнали дальше, какъ отбили зайца, и какъ Турка въ свой огромный рогъ выавалъ собакъ, — но всё не тронулся съ мѣста...

Аксаковъ.

Тарасъ Бульба.

(Отрывки).

Степь и Запорожская Сѣчь [1]).

Степь, чѣмъ далѣе, тѣмъ становилась прекраснѣе. Тогда весь Югъ, всё то пространство, которое составляетъ нынѣшнюю Новороссію до самаго Чёрнаго Моря, было зелёною дѣвственною пустынею. Никогда плугъ не проходилъ по неизмѣримымъ волнамъ дикихъ растеній. Одни только кони, скрывавшіеся въ нихъ, какъ въ лѣсу, вытаптывали ихъ.

------

[1]) Les Cosaques habitant au-delà des escales du Dnièpre (Saporogues) nommaient leur capitale Сѣчь.

Mais ie n'eus que le temps de commencer ma course
que je la regrettai aussitôt; le lièvre se blottit pour
un instant, puis il fit un saut et je ne le revis plus.

Mais quelle fut ma honte lorsque, précédé des lévriers,
Turca parut de derrière les broussailles. Il avait remar-
qué ma faute et jetant sur moi un regard méprisant, il
ne dit que les mots: «Ah, maître!» Mais il faut savoir
comment cela fut dit: Pour moi, j'aurais préféré qu'il
me suspendit à sa selle comme un lièvre!

Longtemps je restai à la même place enseveli dans un
profond désespoir, je n'appelai pas mon chien, je répé-
tais seulement:

«Grand Dieu, qu'ai-je fait!»

J'entendis comme les lévriers s'éloignèrent, comme
ils attrapèrent un lièvre, comme Turca rappela les chiens
au moyen de son immense cor, mais toujours je restai
cloué à la même place.

Axakoff.

Tarasse Boulba.

(Morceaux).

Les steppes et la siètche (capital) des cosaques saporogues.

Plus on avançait dans la steppe plus on la trouvait
belle. Toute la contrée méridionale dont fait partie
maintenant la nouvelle Russie jusqu'à la Mer Noire, com-
posait un pays désert, couvert de verdure. Jamais la char-
rue n'avait sillonné les immenses vagues de plantes sauvages. Les chevaux seuls, qui couchait dans la forêt, les
foulaient.

Ничто въ природѣ не могло быть лучше ихъ. Вся поверхность земли представлялась зелёно-золотымъ океаномъ, по которому брызгнули милліоны разныхъ цвѣтовъ. Сквозь тонкіе, высокіе стебли травы сквозили голубыя, синія и лиловыя волошки; жёлтый дрокъ выскакивалъ вверхъ своею пирамидальною верхушкою; бѣлая кашка зонтико-образными шапками пестрѣла на поверхности; занесённый Богъ знаетъ откуда колосъ пшеницы наливался въ гущѣ. Подъ ними шныряли куропатки, вытянувъ свои шеи. Воздухъ былъ наполненъ тысячью разныхъ птичьихъ свистовъ. Въ небѣ неподвижно стояли цѣлою тучею ястребы, распластавъ свои крылья и неподвижно устремивъ свои глаза въ траву. Крикъ двигавшейся въ сторонѣ тучи дикихъ гусей отдавался Богъ знаетъ въ какомъ дальнемъ озерѣ. Изъ травы подымалась мѣрными взмахами чайка и роскошно купалась въ синихъ волнахъ воздуха. Вонъ она пропала въ вышинѣ и мелькаетъ только одною чёрною точкою. Вонъ она перевернулась крылами и блеснула передъ солнцемъ. Степи, родныя мои степи, какъ вы хороши!...

Наши путешественники на нѣсколько минутъ только останавливались для обѣда; при чёмъ ѣхавшій съ ними отрядъ изъ десяти казаковъ слѣзалъ съ лошадей, отвязывалъ деревянныя баклажки съ горѣлкою и тыквы, употребляемыя вмѣсто сосудовъ. Ѣли только хлѣбъ съ саломъ свинымъ или коржи, пили только по одной чаркѣ, единственно для подкрѣпленія, потому что Тарасъ Бульба никогда не позволялъ напиваться въ дорогѣ, и продолжали путь до вечера.

Rien, dans la nature, ne pouvait être plus beau. L'univers paraissait être un océan vert-or, parsemé de millions de différentes fleurs. Au-dessus des tiges minces et hautes de l'herbe perçaient les fleurs de topinambours bleue-foncé, bleue-clair et lilas, le genêt saillait avec son bouton en forme de pyramide, le trèfle blanc aux fleurs en forme de parapluie, toutes ces fleurs couvraient l'herbe d'une couche multicolore, un épi de froment, apporté par le vent, Dieu sait de quelle contrée, s'emplissait de suc dans l'herbe épaisse. Sous ces épis couraient ça et là des perdrix en dressant leur cou. L'air était plein de mille différentes voix d'oiseaux. Dans l'azur des cieux restaient immobiles et semblables à une nuée, des vautours, étendant leurs ailes et fixant sur l'herbe leurs yeux immobiles. Le bruit d'un nuage d'oies sauvages qui se mouvait d'un côté, retentissait dans, Dieu sait, quel lac lointain. De l'herbe s'élevait à coups d'ailes mésurés une mouette et elle se baignait voluptueusement dans les vagues bleuâtres de l'air. Voilà qu'elle disparaît dans la hauteur et se montre de temps en temps semblable à un point noir. Tout-à-coup elle a fait une culbutte en battant de ses ailes et a brillé devant le soleil. Steppes, vous steppes qui m'avez vu naître, steppes que vous êtes belles!

Nos voyageurs ne s'arrêtaient que quelques moments pour dîner; alors le détachement qui les accompagnait, mettait pied à terre, détachait les bidons de bois contenant l'eau de vie et les melons qui leur servait de vases. Ils ne mangeaient que du pain avec du lard ou du cresson, ils ne buvaient jamais plus d'un verre et uniquement pour ne pas perdre leurs forces, Tarasse Boulba ne permettant pas de se griser en route, et continuaient leur voyage.

Вечеромъ вся степь совершенно перемѣнялась. Всё пёстрое пространство ея охватывалось послѣднимъ яркимъ отблескомъ солнца и постепенно темнѣло, такъ что видимо было, какъ тѣнь перебѣгала по ней и она становилась тёмно-зелёною; испаренія подымались гуще; каждый цвѣтокъ, каждая травка испускала амбру, и вся степь курилась благовоніемъ. По небу изголуба-тёмному, какъ будто исполинскою кистою наляпаны широкія полосы изъ розоваго золота; изрѣдка бѣлѣли клоками лёгкія прозрачныя облака, и самый свѣжій, обольстительный, какъ морскія волны, вѣтерокъ едва колыхался по верхушкамъ травы, и чуть дотрогивался къ щёкамъ.

Вся музыка, наполнявшая день, утихала и смѣнялась съ другою. Первые авражки выпалзывали изъ норъ своихъ, становились на заднія лапки и оглашали степь своимъ свистомъ. Трещаніе кузнечиковъ становилось слышнѣе. Иногда слышался изъ какого-нибудь уединеннаго озера крикъ лебедя и, какъ серебро, отдавался въ воздухѣ. Путешественники останавливались среди полей, избирали ночлегъ, раскладывали огонь, и ставили на него котёлъ, въ которомъ варили себѣ кулишъ; паръ отдѣлялся и косвенно дымился на воздухѣ. Поужинавъ, казаки ложились спать, пустивши по травѣ спутанныхъ коней своихъ. На нихъ прямо глядѣли ночныя звѣзды. Они слышали своимъ ухомъ весь безчисленный міръ насѣкомыхъ, наполнявшихъ траву: весь ихъ трескъ, свистъ, карканье,—всё это звучно раздавалось среди ночи,

Vers le soir la steppe changeait d'aspect. Toute sa surface bariolée de couleurs différentes atténuées par les derniers rayons du soleil, s'obscurcissait peu à peu et l'on voyait l'ombre glisser dessus et les steppes devenir vert-foncé; les évaporations devenaient de plus en plus épaisses; chaque fleur, chaque herbe exhalait une odeur d'ambre et la steppe entière semblait être parfumée. Sur le ciel, d'une teinte bleue-foncé, un pinceau géant paraissait avoir barbouillé de larges raies d'or rose; de temps en temps on voyait, semblables à des flocons blancs des nuages légers et transparents et un vent frais, ravissant, comme les vagues de la mer, secouait les sommets de brins d'herbe et touchait à peine les joues.

Toute la musique qui retentissait pendant la journée entière, se taisait et faisait place à une autre. Les premiers mulots sortaient en rampant de leurs trous, s'asseyaient sur leurs jambes de derrière et étourdissaient les steppes de leurs cris. Le chant des cigales devenait de plus en plus fort. Quelquefois venait de quelque lac écarté le cri argenté d'un cygne qui retentissait dans les airs. Les voyageurs s'arrêtaient au milieu des champs, choisissaient leur gîte pour la nuit, allumaient des feux, posaient la-dessus un chaudron dans lequel ils cuisaient un couliche (mêts petit-russien); la vapeur s'en échappait et montait en biais dans les airs. Ayant soupé, se couchaient pour dormir, après avoir lié les pieds de leurs chevaux qu'ils laissaient brouter l'herbe. Ils s'étendaient sur leurs svitkas (caftan petit-russien). Les étoiles de la nuit les éclairaient directement. Ils entendaient de leurs propres oreilles le monde innombrable des bêtes qui remplissaient l'herbe; celles-ci grésillonnaient, sifflaient, croissaient, tout cela retentissaient bien haut à travers la nuit,

очищалось въ свѣжемъ ночномъ воздухѣ и доходило
до слуха чѣмъ-то гармоническимъ. Если же кто-нибудь
изъ нихъ поднимался и вставалъ на время, то ему
представлялась степь усѣянною блестящими искрами
свѣтящихся червяковъ. Иногда ночное небо въ разныхъ мѣстахъ освѣщалось дальнимъ заревомъ отъ
выжигаемаго по лугамъ и рѣкамъ сухого тростника,
и тёмная вереница лебедей, летѣвшихъ на сѣверъ,
вдругъ освѣщалась серебряно-розовыммъ свѣтомъ, и
тогда казалось, что красные платки летали по тём-
ному небу.

Путешественники ѣхали безъ всякихъ приключеній.
Нигдѣ не попадались имъ деревья; всё та же безко-
нечная, вольная, прекрасная степь. По временамъ
только въ сторонѣ синѣли верхушки отдалённаго
лѣса, тянувшагося къ берегамъ Днѣпра. Одинъ только
разъ Тарасъ указалъ сыновьямъ на маленькую, чер-
нѣвшую въ дальней травѣ точку, сказавши: „смотрите,
дѣти, вонъ скачетъ Татаринъ“.

Маленькая головка съ усами уставила издали прямо
на нихъ узенькіе глаза свои, понюхала воздухъ, какъ
гончая собака, и, какъ серна, пропала, увидѣвши,
что казаковъ было тринадцать человѣкъ.

„А ну, дѣти, попробуйте догнать Татарина!... И
не пробуйте, во вѣки не поймаете... у него конь
быстрѣе моего Чорта“.

Однакожъ Бульба взялъ предосторожность, опаса-
ясь гдѣ-нибудь скрывшейся засады. Они прискакали
къ небольшой рѣчкѣ, называвшейся Татаркою, впа-
дающею въ Днѣпръ, кинулись въ воду съ конями
своими и долго плыли по ней, чтобъ скрыть слѣдъ
свой, и тогда уже, выбравшись на берегъ, они продолжали далѣе путь.

s'épurait dans l'air frais de la nuit et frappait harmonieusement l'oreille. Si l'un d'eux se levait et se plaçait debout pour quelques moments, la steppe lui paraissait être couverte de brillantes étincelles (produites) par les vers luisants. Quelquefois le ciel nocturne s'éclairait à plusieurs endroits du reflêt lointain des roseaux secs qu'on brûlait sur les près et au bord des rivières et le sombre fil de cygnes qui volaient vers le nord, s'éclairait soudainement d'une lumière rose argentée, et il paraissait alors comme si des lampions rouges volaient sur le ciel sombre.

Les voyageurs s'avançaient sans aventure. Nulle part ils ne voyaient des arbres, partout c'était la même steppe sans limites, libre et belle. Quelquefois on apercevait de loin les sommets bleuâtres d'une forêt lointaine, qui s'étendait sur les rivages du Dniêpre. Une seule fois Tarasse montra à ses fils un petit point noir dans l'herbe lointaine : «Voyez-vous, enfants, le Tartare qui galope là?»

La petite tête portant des moustaches fixa de loin sur eux ses yeux fendus en amande, flaira l'air, comme un chien de chasse et disparut semblable à un chevreuil voyant qu'il y avait treize cosaques.

«Et bien, enfants, essayez d'atteindre le Tartare! Ou plutôt ne l'essayez pas, car jamais vous ne l'atteindrez: son cheval surpasse en vitesse mon diable ici».

Néanmoins Tarasse prit des précautions craignant quelque embûche cachée. Ils galoppèrent vers une petite rivière, nommée la Tatarca, qui se déverse dans le Dniepre, se jetèrent dans l'eau restant sur leurs chevaux et suivirent longtemps son cours en nageant, pour faire disparaître leurs trâces et alors seulement lorsqu'ils eurent regagné le rivage, ils continuèrent leur route.

Черезъ три дня послѣ этого они были уже недалеко отъ мѣста, служившаго предметомъ ихъ поѣздки. Въ воздухѣ вдругъ похолодѣло; они почувствовали близость Днѣпра. Воть онъ сверкаетъ вдали и тёмною полосою отдѣлился отъ горизонта. Онъ вѣялъ холодными волнами и разстилался ближе, ближе, и наконецъ обхватилъ половину всей поверхности земли. Это было то мѣсто Днѣпра, гдѣ онъ, дотолѣ спёртый порогами, бралъ наконецъ своё и шумѣлъ, какъ море, разлившись по волѣ, гдѣ брошенныя въ середину его острова, вытѣсняли его ещё далѣе изъ береговъ, и волны его стлались по самой землѣ, не встрѣчая ни утёсовъ ни возвышеній. Казаки сошли съ коней своихъ, взошли въ паромъ и черезъ три часа плаванія были уже у береговъ острова Хортицы, гдѣ была тогда Сѣчь, такъ часто перемѣнявшая своё жилище.

Куча народу бранилась на берегу съ перевозчиками. Казаки оправили коней. Тарасъ пріосанился, стянулъ на себѣ покрѣпче поясъ и гордо провёлъ рукою по усамъ. Молодые сыны его тоже осмотрѣли себя съ ногъ до головы съ какимъ то страхомъ и неопредѣлённымъ удовольствіемъ, и всѣ вмѣстѣ въѣхали въ предмѣстье, находившееся за полверсты отъ Сѣчи. При въѣздѣ ихъ оглушили пятьдесятъ кузнецкихъ молотовъ, ударявшихъ въ 25 кузницахъ, покрытыхъ дёрномъ и вырытыхъ въ землѣ. Сильные кожевники сидѣли подъ навѣсомъ крылецъ на улицѣ и мяли своими дюжими руками бычачьи кожи. Крамари сидѣли съ кучами ремней, огнивами и порохомъ. Армянинъ развѣсилъ дорогіе платки. Татаринъ ворочалъ на ножнахъ катки съ тѣстомъ. Еврей, выставивъ впередъ свою голову, точилъ изъ бочки горѣлку. Но первый, кто попался имъ на встрѣчу, это былъ Запорожецъ, спавшій на самой серединѣ дороги, раскинувъ руки и ноги. Тарасъ Бульба не могъ не остановиться и не полюбоваться на него.

Trois jours plus tard, ils n'étaient plus loin du lieu qui
était le but de leur voyage. L'air devint tout-à-coup plus
froid, ils sentirent la proximité du Dnièpre. Le voilà qui
brille dans le lointain et qui se sépare de l'horizon en
noir sillon. Ses vagues répandent le froid, il s'approche
de plus en plus, et le voilà qui couvre la moitié de la
surface de la terre. C'était la partie du Dnièpre, où
jusqu'alors encaissé entre les rochers, il entre enfin dans
ses droits et bruit comme la mer s'élargissant en liberté.
Les îles jetées au milieu de ses vagues, le poussent encore plus loin hors de ses rivages, et ses vagues s'étendent
sur la terre même, ne rencontrant ni rochers ni hauteurs.
Les cosaques descendirent de cheval, montèrent sur le
pont du bac, après une traversée de trois heures, abor-
dèrent au rivage de l'île de Choritza, où se trouvait alors
la Siétche, qui changeait si souvent de lieu de séjour.

Une foule de gens se querellaient sur le rivage avec
les passeurs. Les cosaques nettoyèrent leur chevaux; Tarasse s'assit tout droit, serra plus fortement sa ceinture
et de sa main frisa sa moustache avec fierté, ses jeunes
fils aussi se regardèrent de la tête jusqu'aux pieds, **avec**
une certaine crainte et un vague plaisir et tous ensemble,
ils pénétrèrent dans le faubourg situé à une demi-verste
de la Siétche. Lors de leur entrée ils furent presque
assourdis par une cinquantaine de marteaux de forgerons
qui retentissaient dans 25 forges couvertes de gazon et
se trouvant dans des trous creusés dans la terre. De robustes tanneurs étaient assis sous le toit des escaliers
donnant sur la rue, et travaillaient de leurs fortes mains
des peaux de taureaux. Des merciers étaient assis ayant
devant eux des pierres à feux, de l'acier et de la poudre.
Un Arménien avait suspendu de précieux mouchoirs. Un
Tartare formait au bout d'une grande fourchette des bou-
lettes de pâte. Un Juif, étendant sa tête, tirait de l'eau-
de-vie d'un tonneau. Mais le premier qu'ils virent sur
leur route, était un Saporogue qui dormait au milieu de
la rue, étendant les bras et les jambes. Tarasse Boulba
ne put s'empêcher de s'arrêter pour l'admirer.

„Эхъ, какъ важно развернулся! Фу ты, какая пышная фигура!“ говорилъ онъ, остановивши коня.

Въ самомъ дѣлѣ, эта картина была довольно смѣлая. Запорожецъ, какъ левъ растянулся на дорогѣ. Закинутый гордо чубъ захватывалъ на полъ-аршина земли. Шаровары алаго дорогого сукна были запачканы дёгтемъ для показанія полнаго къ нимъ презрѣнія.

Полюбовавшись, Бульба пробирался далѣе сквозь тѣсную улицу, которая была загромождена мастеровыми, туть же отправляющими ремесло своё, и людьми всѣхъ націй, наполнявшими это предмѣстье Сѣчи, которое было похоже на ярмарку и которое одѣвало и кормило Сѣчь, умѣвшую только гулять да палить изъ ружей.

Наконецъ они минули предмѣстье и увидѣли нѣсколько разбросанныхъ куреней (la cabane), покрытыхъ дёрномъ или, по татарски, войлокомъ. Иные уставлены были пушками. Нигдѣ не видно было забора, или тѣхъ низенькихъ домиковъ съ навѣсами на низенькихъ деревяныхъ столбикахъ, какіе были въ предмѣстьи.

Нѣсколько дюжихъ Запорожцевъ, лежавшихъ съ трубками въ зубахъ на самой дорогѣ, посмотрѣли на нихъ довольно равнодушно и не сдвинулись съ мѣста. Тарасъ осторожно проѣхалъ съ сыновьями между нихъ, сказавши: „Здравствуйте, панове!“ — „Здравствуйте и вы!“, отвѣчали Запорожцы. На пространствѣ пяти вёрстъ были разбросаны толпы народа. Онѣ всѣ собирались въ небольшія кучи. Такъ вотъ она Сѣчь! вотъ то гнѣздо, откуда вылетаютъ всѣ тѣ гордые и крѣпкіе какъ львы! Вотъ откуда разливается воля и казачество на всю Украйну!

«Ah, comme il s'est bien étendu! Bah ! Quelle noble
figure!» dit-il en arrêtant son cheval.

En effet, l'image était assez hasardée. Le Saporogue
s'était étendu sur la route semblable à un lion. La tresse
fièrement jetée en arrière couvrait une étendue d'une
demie-archine. Son pantalon de précieux drap rouge était
sali de goudron — afin de montrer le profond dédain
du propriétaire.

Après l'avoir admiré, Boulba essaya de se frayer un
chemin à travers l'étroite rue qui était rendue presque
impraticable par les artisans qui vaquaient sur place à
leur métier et par des personnes appartenant à toutes
les nationalités possibles. Tout ce monde qui remplis-
sait ce faubourg de la Siètche ne savait que faire la
noce et tirer des coups de fusil.

Enfin ils avaient le faubourg derrière eux et virent
quelques cabanes jetées çà et là, et couvertes de gazon
ou bien, d'après l'usage des Tartares, de feuilles de
feutre. Nulle part on ne voyait une enceinte de clôture
ou de ces basses maisonnettes aux appentis reposant sur
de basses et petites colonnes, comme on en voyait dans
le faubourg.

Un petit glacis et un abatis d'arbres, que personne ne
défendaient portaient un témoignage d'une horrible
insouciance.

Quelques robustes Saporogues, couchés, leurs pipes
dans la bouche, au milieu du chemin, regardèrent les
arrivants avec beaucoup d'indifférence et ne leur firent
pas même place. Tarasse et ses fils passaient avec beaucoup de circonspection au milieu d'eux en leur disant :
« Salut à vous, messieurs! » — « Salut à vous aussi! »
répondaient les Saporogues. Sur une étendue de cinq
verstes étaient dispersés des groupes du peuple. Ils se
concentraient pour former de petits cercles. C'est donc
la Siètche! C'est le nid d'où se dispersent tous ces
hommes fiers et fermes comme des lions! Ici est donc
le centre où se répand la liberté et la vie des cosaques
sur toute l'Oucraïne!

Путники выѣхали на обширную площадь, гдѣ обыкновенно собиралась рада. На большой опрокинутой
бочкѣ сидѣлъ Запорожецъ безъ рубашки; онъ держалъ её въ рукахъ и медленно зашивалъ на ней ды-
ры. Имъ опять перегородила дорогу цѣлая толпа му-
зыкантовъ, въ срединѣ которыхъ отплясывалъ молодой Запорожецъ, заложивши чортомъ свою шапку и
вскинувши руками. Онъ кричалъ только: „Живѣй
играйте музыканты! Не жалѣй, Ѳома, горѣлки право-
славнымъ!“ И Ѳома, съ подбитымъ глазомъ, мѣрялъ
безъ счёту каждому приставававшему по огромнѣйшей
кружкѣ. Около молодого Запорожца четыре старыхъ
вырабатывали довольно мелко своими ногами, вски-
дываясь, какъ вихорь на сторону, почти на голову
музыкантамъ, вдругъ, опустившись въ присядку и
били круто и крѣпко своими серебряными подковами
тѣсно убитую землю.

Земля глухо гудѣла на всю округу и въ воздухѣ только отдавалось: тра-та-та, тра-та-та! Толпа, чѣмъ далѣе они ѣхали, росла; къ танцующимъ
приставали другіе, и вся почти площадь покры-
лась присѣдающими Запорожцами. Это имѣло въ
себѣ что-то заразительно - увлекательное. Нельзя
было безъ движеній всей души видѣть, какъ вся толпа
отдирала танецъ, самый вольный, самый бѣшенный,
какой только видѣлъ когда-либо міръ и который, по
своимъ мощнымъ изобрѣтателямъ, носитъ названіе
казачка.

Тарасъ Бульба крикнулъ отъ нетерпѣнія и досады,
что конь, на которомъ сидѣлъ онъ, мѣшалъ ему

Les voyageurs arrivèrent à une vaste plaine où se
réunissait ordinairement l'assemblée du peuple. Sur un
tonneau renversé était assis un Saporogue sans chemise;
il la tenait dans sa main et en recousait les trous. De
nouveau une foule de musiciens leur barra le chemin,
au milieu d'elle dansait un jeune Saporogue ayant mis
bravement son bonnet sur l'oreille et brandissant ses
bras. Il ne faisait que crier : « Jouez plus vivement,
vous autres musiciens! Ne ménage pas, Thomas, l'eau-
de-vie pour les orthodoxes! » Et Thomas, ayant un œil
poché, donnait, sans compter, une énorme cruche d'eau-
de-vie à chacun de ceux qui grossissait le nombre. Autour du
jeune Saporogue, quatre vieux Saporogues faisaient de
petits pas, tantôt ils sautaient comme un tourbillon de
côté et presque sur la tête des musiciens, tout-à-coup
ils se courbaient à terre et dansaient la priciadca (qui
se danse presque assis par terre) et frappaient ferme-
ment et avec force de leurs bottes ferrées d'argent la
terre fortement pétrie.

La terre retentissait sourdement tout à l'entour, et
dans les airs on n'entendait que : tra, ta, ta, tra, ta, ta!
Plus nos cavaliers s'avançaient, plus la foule grossissait,
à la danse venaient prendre part d'autres danseurs, et
presque la place entière se couvrit de danseurs de priciadca. Il en résultait un entraînement contagieux. Il
était impossible de voir, sans que le cœur n'en fut ému,
comment toute cette foule dansait la danse, la plus folle
que le monde ait jamais vue et qui porte, d'après ses
robustes inventeurs, le nom de casatchioc.

Tarasse Boulba jeta un cri d'impatience et de colère,
parce que le cheval, sur lequel il était assis, l'empêchait

пуститься самому. Иные были чрезвычайно смѣшны своею важностью, съ какою они работали ногами. Черезъ-чуръ дряхлые, прислонившись къ столбу, къ которому обыкновенно на Сѣчѣ привязывали преступника, топали и переминали ногами. Крики и пѣсни, какія только могли придти въ голову человѣку въ разгульномъ весельи раздавались свободно.

Тарасъ скоро встрѣтилъ множество знакомыхъ лицъ. Остапъ и Андрій слышали только привѣтствія: „А, это ты, Печерица! Здравствуй, Козолупъ! Откуда Богъ несётъ тебя, Тарасъ? Ты какъ сюда зашёлъ, Долото? Здравствуй, Застёшка! Думалъ ли я видѣть тебя, Ремень?!“ И витязи, собравшіеся со всего разгульнаго міра восточной Россіи, цѣловались взаимно и тутъ понеслись вопросы: „А что Касьянъ? что Бородавка? что Колоперъ? что Пидсытокъ?“ И слышалъ только въ отвѣтъ Тарасъ Бульба, что Бородавка повѣшенъ въ Толопанѣ, что съ Колопёра содрали кожу подъ Кизикирменомъ, что Пидсыткова голова посолена въ бочкѣ и отправлена въ самый Царь-Градъ. Понурилъ голову старый Бульба и раздумчиво говорилъ: „Добрые были казаки“!

Гоголь.

de danser aussi. Ceux qui étaient trop caducs, s'appuyaient
à la colonne à laquelle on attachait, dans la Siètche,
ordinairement les malfaiteurs, et frappaient de leurs pieds,
en faisant différents mouvements. Des cris et des chants,
comme il en peut venir dans la tête d'un homme qui se
trouve dans une gaîté avinée, retentissaient librement.

Tarasse rencontra bientôt beaucoup de figures connues.
Ostape et André n'entendaient que les salutations suivantes : « Ah, c'est toi, Petchéritza! Bonjour, Koso-
loupe! D'où Dieu t'amène-t-il Tarasse? Comment es-tu
venu ici, Doloto? Bonjour, Sastiochca? Pouvais-je m'ima-
giner que je te reverrais, Remiène?!» Et les héros, venus
de tous les côtés de la gaie Russie orientale, s'embras-
saient et les questions suivantes se croisaient : « Que
fait Cassian? Que fait Borodavka? Que fait Calopère?
Que fait Pidsytoc? » Et Tarasse Boulba entendit pour
réponse seulement que Borodavka avait été pendu à
Tolopane, que Colopère avait été écorché à Kisi-
quermème, que la tête de Pidsytoc avait été salée dans
un tonneau et envoyée à Constantinople même. Le vieux
Tarasse courba la tête et dit distraitement : «C'étaient de
braves cosaques».

Gogol.

Бѣжинъ Лугъ.

Былъ прекрасный іюльскій день, одинъ изъ тѣхъ дней, которые случаются только тогда, когда погода установилась надолго. Съ самаго ранняго утра небо ясно; утренняя заря не пылаетъ пожаромъ: она разливается кроткимъ румянцемъ. Солнце,—не огнистое, раскалённое, какъ во время знойной засухи, не тускло-багровое, какъ передъ бурей, но свѣтлое и привѣтно-лучезарное—мирно всплываетъ изъ подъ узкой и длинной тучки, свѣжо просіяетъ, и погрузится въ лиловый туманъ. Верхній, тонкій край растянутаго облака засверкаетъ змѣйками; блескъ ихъ подобенъ блеску кованнаго серебра... Но вотъ опять хлынули играющіе лучи, — и весело, и величаво, словно взлетая, подымается могучее свѣтило. Около полудня обыкновенно появляется множество круглыхъ высокихъ облаковъ, золотисто-сѣрыхъ, съ нѣжными бѣлыми краями. Подобно островамъ, разбросаннымъ по безконечно разлившейся рѣкѣ, обтекающей ихъ глубоко прозрачными рукавами ровной синевы, они почти не трогаются съ мѣста; далѣе, къ небосклону, они сдвигаются, тѣснятся, синевы между ними уже не видать; но сами они также лазурны, какъ небо; они всѣ насквозь проникнуты свѣтомъ и теплотой. Цвѣтъ небосклона, лёгкій, блѣдно-лиловый, не измѣняется во весь день и кругомъ одинаковъ; нигдѣ не темнѣетъ, не густѣетъ гроза, развѣ кой-гдѣ, протянутся сверху внизъ голубоватыя полосы—то сѣется едва замѣтный дождь. Къ вечеру эти облака исчезаютъ; послѣднія

Mémoires d'un chasseur.

Le pré de Biègine.

C'était une belle journée de juillet, une de ces journées qui n'ont lieu que lorsque le temps s'est mis au beau pour longtemps. Depuis bien avant dans la matinée le ciel est clair, l'aube ne ressemble pas à un incendie; elle se répand en rouge bien doux. Le soleil ne ressemble pas à du feu, il n'est pas rougi, comme cela a lieu lors d'une brûlante sécheresse, il n'est pas d'un pourpre sombre, comme avant une tempête, mais il est clair, et ses rayons vous saluent, il sort paisiblement de dessous un nuage étroit et long, brille avec fraicheur et se plonge dans un brouillard lilas. Tout-à-coup sur le mince bord du nuage long, brillent des petits serpents; leur éclat ressemble à l'éclat de l'argent forgé... Mais les rayons folâtres apparaissent de nouveau, — et la puissante lumière monte gaiement, majestueusement et parait voler. Vers midi on voit ordinairement apparaître une foule de nuages ronds et hauts, ils sont de couleur grisâtre et dorés aux minces bords blancs, ressemblant à des îles parsemées sur une rivière aux bords invisibles, qui les lave de ses bras profondément transparents et d'un bleu égal. Ils ne se meuvent presque pas de leur place; plus loin, vers l'horizon ils se rapprochent, se resserent, on ne voit presque pas de bleu entre eux; mais ils sont eux-mêmes d'un bleu azuré comme l'est le ciel; ils sont impreignés de clarté et de chaleur. La couleur de l'horizon, couleur légère d'un lilas pâle, ne se change presque pas, la journée entière reste la même tout autour; nulle part on ne voit des nuages sombres et épais indiquant une tempête, on voit seulement par ci par là descendant de haut en bas des raies bleuâtres: il tombe alors une pluie à peine visible. Vers le soir ces nuages disparaissent; les derniers

изъ нихъ, черноватыя и неопредѣлённыя, какъ дымъ, ложатся розовыми клубами напротивъ заходящаго солнца; на мѣстѣ, гдѣ оно закатилось, такъ же спокойно, какъ спокойно взошло на небо, алое сіяніе стоитъ недолгое время надъ потемнѣвшей землёй, и, тихо мигая, какъ бережно несомая свѣчка, затеплится на нёмъ вечерняя звѣзда. Въ такіе дни краски всѣ смягчены, свѣтлы, но не ярки; на всёмъ лежитъ печать какой-то трогательной кротости. Въ такіе дни жаръ бываетъ иногда весьма силенъ, иногда даже „паритъ“ по скатамъ полей; но вѣтеръ разгоняетъ, раздвигаетъ накопившійся зной, и вихри-круговороты — несомнѣнный признакъ постоянной погоды, высокими бѣлыми столбами гуляютъ по дорогамъ черезъ пашню. Въ сухомъ и чистомъ воздухѣ пахнетъ полынью, сжатой рожью, гречихой; даже за часъ до ночи вы не чувствуете сырости. Подобной погоды желаетъ земледѣлецъ для уборки хлѣба...

Въ такой точно день охотился я однажды за тетеревами въ Чернскомъ уѣздѣ Тульской губерніи. Я нашёлъ и настрѣлялъ довольно много дичи; наполненный ягдташъ немилосердно рѣзалъ мнѣ плечо; но уже вечерняя заря погасла, и въ воздухѣ ещё свѣтломъ, хотя не озарённомъ болѣе лучами закатившагося солнца, начинали густѣть и разливаться холодныя тѣни, когда я рѣшился, наконецъ, вернуться къ себѣ домой...

Сквозь едва прозрачный сумракъ ночи, увидѣлъ я далеко передъ собою огромную равнину. Широкая рѣка огибала её уходящимъ отъ меня полукругомъ;

entre eux, noirâtres et d'une couleur indéterminée comme
la fumée, s'étendent en flocons rosâtres devant se soleil
couchant; là, où il s'est couché, l'air est aussi tranquille,
comme il était tranquille lorsque il s'est levé, la clarté
rougeâtre ne plane pas longtemps sur la terre assombrie,
et pétillant doucement comme une bougie portée avec
précaution, l'étoile du soir s'allume au ciel. Par une telle
journée toutes les couleurs sont adoucies, elles sont
claires, mais sans éclat; tout porte le cachet d'une tou-
chante douceur. Par de telles journées la chaleur devient
quelquefois assez intense que parfois sur le versant des
champs l'atmosphère devient suffocante, mais le vent
chasse, sépare la chaleur qui s'est peu à peu rassemblée,
et des remous, indices certains d'une chaleur continue,
se promènent en forme de colonnes hautes et blanches,
sur les chemins à travers les champs. L'air sec et pur
sent l'absinthe, le seigle coupé, le millet; une heure
même avant la nuit on ne remarque pas l'humidité...
L'agriculteur désire avoir un temps pareil lors de la ré-
colte du blé.

Par une journée semblable je chassais des perdrix dans
l'arrondissement de Tcherna, qui fait partie du gouver-
nement de Toula. J'avais trouvé et tué assez de gibiers,
ma gibecière pleine me coupait l'épaule sans aucune pitié; mais le pourpre du soleil couchant s'éteignait et
dans l'air clair encore, mais qui n'était plus éclairé par
les rayons du soleil couchant, commençaient à s'épaissir
et à se répandre des froides ombres, lorsque je me décidai enfin à retourner chez moi.

Par la nuit sombre et à peine transparente je vis loin
devant moi une plaine immense. Une large rivière la li-
mitait par un demi-cercle très vaste et tourné vers moi;

стальные отблески воды, изрѣдка и смутно мерцая, обозначали ея теченіе. Холмъ, на которомъ я находился, спускался вдругъ почти отвѣснымъ обрывомъ; его громадныя очертанія выдѣлялись, чернѣя, отъ синеватой воздушной пустоты, и прямо подо мною, въ углу, образованномъ тѣмъ обрывомъ и равниной, возлѣ рѣки, которая въ этомъ мѣстѣ стояла неподвижнымъ, тёмнымъ зеркаломъ подъ самой кручью холма, краснымъ пламенемъ горѣли и дымились другъ подлѣ дружки два огонька. Вокругъ нихъ копошились люди, колебались тѣни, иногда ярко освѣщалась передняя половина маленькой кудрявой головы...

Я узналъ, наконецъ, куда я зашёлъ. Этотъ лугъ славится въ нашихъ околоткахъ подъ названіемъ Бѣжина Луга... Но вернуться домой не было никакой возможности, особенно въ ночную пору; ноги подкашивались подо мной отъ усталости. Я рѣшился подойти къ огонькамъ и, въ обществѣ тѣхъ людей, которыхъ я принялъ за гуртовщиковъ, дождаться зари. Я благополучно спустился внизъ, но не успѣлъ выпустить изъ рукъ послѣднюю, ухваченную мною вѣтку, какъ вдругъ двѣ большія лохматыя собаки со злобнымъ лаемъ бросились на меня. Дѣтскіе звонкіе голоса раздались вокругъ огней; два-три мальчика быстро поднялись съ земли. Я откликнулся на ихъ вопросительные крики. Они подбѣжали ко мнѣ, отозвали собакъ, которыхъ особенно поразило появленіе моей Діанки, и я подошёлъ къ нимъ.

Я ошибся, принявъ людей, сидѣвшихъ вокругъ тѣхъ огней, за гуртовщиковъ. Это просто были крестьянскіе ребятишки изъ сосѣдней деревни, которые

les reflets couleur d'acier de l'eau, faiblement éclairés de temps à autre, indiquaient son cours. La colline sur le sommet de laquelle je me trouvai, descendait rapidement et presqu'à pic en forme de précipice, ses contours gigantesques se séparaient, en prenant une teinte noire, l'atmosphère bleue de l'air et juste devant moi, dans le coin formé par le précipice et la plaine, à côté de la rivière, qui à cette place paraissait être un miroir immobile et sombre, sous le bord même escarpé de la colline, brûlaient d'une flamme rouge et fumaient l'un à côté de l'autre deux petits feux. Autour d'eux se mouvaient des gens, vacillaient des ombres, et s'illuminait clairement la moitié d'une petite tête bouclée.

Enfin je savais où je m'étais égaré. Ce pré est célèbre dans nos environs sous le nom du pré Biègine.

Mais il n'y avait pas de possibilité de retourner chez moi, surtout la nuit; mes jambes pliaient sous moi de fatigue, — je me décidai à m'approcher des feux, et d'attendre l'aube en compagnie de ces gens que je croyais être des marchands de bestiaux. Je descendis heureusement; mais je n'avais pas eu le temps de laisser échapper de la main la dernière branche que j'avais saisie, que deux grands chiens blancs, au poil ébouriffé se jetèrent sur moi en aboyant avec fureur. Des voix jeunes et enfantines retentissaient autour du feu; deux, trois garçons se levèrent aussitôt de par terre. Je donnai une réponse aux questions qu'ils me crièrent de loin. Ils s'approchèrent aussitôt de moi en courant, rappelèrent les chiens, qu'étonnait surtout l'apparition de ma Diane et je m'approchai d'eux.

Je m'étais trompé en prenant les gens assis autour du feu pour des marchands de bestiaux. C'étaient tout simplement des enfants de paysans du village voisin, qui

стерегли табунъ. Въ жаркую лѣтнюю пору лошадей выгоняютъ у насъ на ночь кормиться въ поле : днёмъ мухи и оводы не дали бы имъ покоя. Выгонять передъ вечеромъ и пригонять на утренней зарѣ табунъ — большой праздникъ для крестьянскихъ мальчиковъ. Сидя безъ шапокъ и въ старыхъ полушубкахъ, на самыхъ бойкихъ клячёнкахъ, мчатся они съ весёлымъ гиканьемъ и крикомъ, болтая руками и ногами, высоко подпрыгиваютъ, звонко хохочутъ. Лёгкая пыль жёлтымъ столбомъ поднимается и несётся по дорогѣ; далеко разносится дружный топотъ, лошади бѣгутъ, навостривъ уши; впереди всѣхъ, безпрестанно мѣняя ногу, скачетъ какой-нибудь рыжій космачъ, съ репейниками въ спутанной гривѣ.

Я сказалъ мальчикамъ, что заблудился и подсѣлъ къ нимъ. Они спросили меня, откуда я, помолчали, посторонились. Мы немного поговорили. Я прилёгъ подъ обглоданный кустикъ, и сталъ глядѣть кругомъ. Картина была чудесная : около огней дрожало и какъбудто замирало, упираясь въ темноту, круглое красноватое отраженіе; пламя, вспыхивая, изрѣдка забрасывало за черту того круга быстрые отблески; тонкій языкъ свѣта лизнётъ голые сучья лозника и разомъ исчезнетъ; — острыя, длинныя тѣни, врываяся на мгновенье, въ свою очередь, добѣгали до самыхъ огоньковъ : мракъ боролся со свѣтомъ. Иногда, когда пламя горѣло слабѣе и кружокъ свѣта съуживался, изъ надвинувшейся тьмы внезапно выставлялась лошадиная голова, гнѣдая съ извилистой проточиной, или вся бѣлая, внимательно и тупо смотрѣла на насъ, проворно жуя длинную траву, и, снова опускаясь, тотчасъ скрывалась. Только слышно было, какъ она

gardaient un troupeau de chevaux. Par les chaleurs de l'été, même chez nous, les chevaux vont paître la nuit; le jour les mouches et les taons ne les laisseraient pas en repos. On les y mène avec le coucher du soleil, et vers l'aube on ramène le troupeau, ce qui est une grande fête pour les enfants des paysans. Assis sans casquette, dans de vieilles demi-pelisses, sur les rosses les plus vives, ils galopent en jetant des cris joyeux; ils rient à haut voix en brandissant, les bras et les jambes, et en faisant de hauts sauts. Une légère poussière s'élève en colonne et suit le tracé de la route: on entend de loin le piétinement mesuré, les chevaux courent en pointant les oreilles; devant les autres, à tout moment changeant de jambe, galope quelque alezan au poil ébouriffé ayant des chardons dans sa crinière en désordre.

Je dis aux garçons que je m'étais égaré et je m'assis à côté d'eux. Ils me demandèrent d'où j'étais, se turent un moment, puis ils me firent place. Nous causâmes quelques instants. Je me couchai sous un buisson rongé, puis je regardai autour de moi. L'image était superbe; autour des feux tremblait semblant s'éteindre, sur un fond noir, un reflet rouge et rond; la flamme en pétillant jetait rarement de rapides reflets au delà des limites de ce cercle; une mince langue de feu léchait pour un instant les bras nus d'une broussaille, puis il disparaissait tout à coup. Des ombres tranchantes et longues pénétrèrent à leur tour jusqu'aux feux mêmes, l'obscurité luttait avec la clarté. Quelquefois, lorsque la flamme brûlait avec moins de clarté le cercle de lumière devenait plus étroit, je voyais soudainement sortir de l'obscurité profonde une tête de cheval, tantôt une tête brune avec une raie en zig-zag, ou bien une tête blanche qui nous regardait attentivement et avec apathie, en mâchant avec hâte l'herbe longue et disparaissait aussitôt en s'abaissant de nouveau. On entendait seulement comment elle

продолжала жевать и отфыркивалась. Изъ освѣщеннаго мѣста трудно разглядѣть, что дѣлается въ потёмкахъ, и потому вблизи всё казалось задёрнутымъ почти чёрной завѣсой; но далѣе къ небосклону длинными пятнами смутно виднѣлись холмы и лѣса. Тёмное, чистое небо торжественно и необъятно-высоко стояло надъ нами со всѣмъ своимъ таинственнымъ великолѣпіемъ. Сладко стѣснялась грудь, вдыхая тотъ особенный, томительный и свѣжій запахъ — запахъ русской лѣтней ночи. Кругомъ не слышалось почти никакого шума... Лишь изрѣдка въ близкой рѣкѣ съ внезапной звучностью плеснётъ большая рыба, и прибрежный тростникъ слабо зашумитъ, едва поколебленный набѣжавшей волной... Одни огоньки тихонько потрескивали.

Мальчики сидѣли вокругъ ихъ; тутъ же сидѣли и тѣ двѣ собаки, которымъ такъ было захотѣлось меня съѣсть. Онѣ еще долго не могли примириться съ моимъ присутствіемъ и, сонливо щурясь и косясь на огонь, изрѣдка рычали съ необыкновеннымъ чувствомъ собственнаго достоинства; сперва рычали, а потомъ слегка визжали, какъ бы сожалѣя о невозможности исполнить свое желаніе. Всѣхъ мальчиковъ было пять: Ѳедя, Павлуша, Ильюша, Костя и Ваня.

Я лежалъ подъ кустикомъ въ сторонѣ и поглядывалъ на мальчиковъ. Небольшой котёльчикъ висѣлъ надъ однимъ изъ огней: въ нёмъ варились „картошки“. Павлуша наблюдалъ за нимъ, и, стоя на колѣняхъ, тыкалъ щепкой въ закипавшую воду. Ѳедя лежалъ, опершись на локоть и раскинувъ полы своего армяка. Ильюша сидѣлъ рядомъ съ Костей, и всё также напряжённо щурился.

continuait à mâcher et reniflait avec bruit. D'une place éclairée, il est difficile de voir ce qui ce fait dans l'obscurité, c'est pourquoi autour de nous tout paraissait être couvert d'un voile presque noir; mais plus loin on voyait indistinctement à l'horizon, semblable à de longues taches, des collines et des forêts. Un ciel sombre et obscure planait majesteusement à une hauteur immesurée au dessus de nous avec toute sa splendeur mysterieuse. La poitrine se serrait doucement, en respirant ce parfum unique, languissant et frais — le parfum d'une nuit d'été russe. Autour de nous il n'y avait presqu'aucun bruit... De temps en temps seulement on entendait un poisson battre l'eau avec une rare sonorité et les roseaux du rivage bruyaient faiblement, à peine remués par une vague... Les feux seuls craquaient lourdement.

Les garçons étaient assis autour, ainsi que les deux chiens qui auraient bien voulu me dévorer. Longtemps encore ils ne pouvaient s'habituer à ma présence, et clignotant des yeux dans un demi-sommeil regardant le feu de côté, ils se mettaient à hurler avec un rare sentiment de leur propre dignité; ils hurlaient d'abord, puis jetaient de petits cris, comme s'ils regrettaient de se voir dans l'impossibilité d'obéir à leurs désirs. Il y avait en tout cinq garçons : Fédia, Pavloucha, Ilioucha, Costia et Vania.

J'étais couché sous un buisson qui était à côté et je regardais ces derniers. Une petite marmite était suspendue au-dessus de l'un de ces feux : on y cuisait des pommes de terre. Pavloucha les observait, et à genoux y fourrait un copeau dans l'eau bouillante. Fédia était couché, appuyé sur son coude et ayant étendu les pans de son habit. Ilioucha était assis à côté de Costia, et clignait continuellement des yeux.

Костя понурилъ немного голову, и глядѣлъ куда-то вдаль. Ваня не шевелился подъ своей рогожей. Я притворился спящимъ. Понемногу мальчики опять разговорились.

Сперва они покалякали о томъ, о сёмъ, о завтрашнихъ работахъ, о лошадяхъ; но вдругъ Ѳедя обратился къ Ильюшѣ и, какъ бы возобновляя прерванный разговоръ, спросилъ его:

— Ну, и что жъ ты, такъ и видѣлъ домоваго?

— Нѣтъ, я его не видалъ, да его и видѣть нельзя, — отвѣчалъ Ильюша сиплымъ и слабымъ голосомъ, звукъ котораго какъ нельзя болѣе соотвѣтствовалъ выраженію его лица: — а слышалъ... Да и не я одинъ.

— А онъ у васъ гдѣ водится?—спросилъ Павлуша.

— Въ старой рольнѣ, что на фабрикѣ.

— А развѣ вы на фабрику ходите?

— Какже, ходимъ. Мы съ братомъ, съ Авдюшкой, въ лисовщикахъ состоимъ.

— Вишь ты — фабричные!...

— Ну, такъ какъ же ты его слышалъ? — спросилъ Ѳедя.

— А вотъ какъ. Пришлось намъ съ братомъ Авдюшкой, да съ Ѳедоромъ Михѣевскимъ, да съ Ивашкой Косымъ, да съ другимъ Ивашкой, что съ Красныхъ Холмовъ, да ещё съ Ивашкой Сухоруковымъ, да ещё были тамъ другіе ребятишки; всѣхъ было насъ ребятокъ человѣкъ десять—какъ есть вся смѣна;

Costia avait un peu abaissé la tête et regardait quelque part dans le lointain. Vania ne se mouvait pas sous sa natte en écorce de bouleau. Je me donnai l'air de dormir. Peu à peu les conversations des garçons recommencèrent.

D'abord il causèrent de ceci et de cela, des travaux qu'ils devaient faire demain, des chevaux; tout-à-coup, Fédia se tourna vers Ilioucha, et semblant recommencer un discours interrompu, il demanda :

— Eh bien! As-tu vu l'esprit follet de la maison?

— Non, je ne l'ai pas vu, et il est aussi impossible de le voir, répondit Ilioucha d'une voix faible et enrouée, dont le timbre correspondait parfaitement à l'expression de son visage : je l'ai entendu... Oui, et je ne suis pas le seul.

— Où vit-il chez vous? demanda Pavloucha.

— Dans le vieux bâtiment où se trouvent des seaux avec la masse à papier.

— Est-ce que vous allez à la fabrique?

— Comment donc, nous y allons. Mon frère Avdiouchca et moi, nous sommes des lisseurs de papier.

— Vous êtes donc des ouvriers de fabrique?

— Eh bien, comment l'as-tu entendu? demanda Fédia.

— De la manière suivante : Il nous arriva à moi, à mon frère Avdiouchca, à Fédor Michéévsky, Ivachca, Souchoroukoff, mais il y avait encore d'autres garçons; nous y étions à peu près dix, en un mot toute la brigade;

но а пришлось намъ въ рольнѣ заночевать, то
есть не то, чтобы этакъ пришлось, а Назаровъ, над-
смотрщикъ, запретилъ: говоритъ, что, молъ, вамъ,
ребяткамъ, домой таскаться; завтра работы много,
такъ вы, ребятки, домой не ходите. — Вотъ мы оста-
лись и лежимъ всѣ вмѣстѣ, и зачалъ Авдюшка гово-
рить, что, молъ, ребята, ну, какъ домовой придетъ?
И не успѣлъ онъ, Авдей-отъ, проговорить, какъ
вдругъ кто-то надъ головами у насъ и заходилъ; но
и лежали-то мы внизу, а заходилъ онъ на верху, у
колеса. Слышимъ мы: ходитъ, доски подъ нимъ такъ
и гнутся, такъ и трещатъ; вотъ прошёлъ онъ черезъ
наши головы; вода вдругъ по колесу какъ зашумитъ,
зашумитъ; застучитъ, застучитъ колесо, завертится;
но а заставки у дворца-то спущены. Дивимся мы: —
кто жъ это ихъ поднялъ, что вода пошла; однако,
колесо повертѣлось, повертѣлось да и стало. Пошёлъ
тотъ опять къ двери на верху, да по лѣстницѣ спу-
щаться сталъ, и эдакъ спущается, словно не торо-
пится; ступеньки подъ нимъ такъ даже и стонутъ...
Ну, подошёлъ тотъ къ нашей двери, подождалъ, подождалъ, — дверь вдругъ вся такъ и распахнулась.
Всполохнулись мы, смотримъ — ничего... Вдругъ,
глядь, у одного чана форма зашевелилась, поднялась,
окунулась, походила, походила эдакъ по воздуху,
словно кто ею полоскалъ, да и опять на мѣсто. Потомъ и другого чана крюкъ снялся съ гвоздя, да
опять на гвоздь; потомъ будто кто-то къ двери
пошёлъ, да вдругъ какъ закашлнетъ, какъ заперха-
етъ, словно овца какая, да зычно такъ... Мы всѣ
такъ ворохомъ и свалились, другъ подъ дружку по-
лѣзли... Ужъ какъ же мы напужались о ту пору.

il nous arriva donc de dormir dans le bâtiment où se trouvent les seaux, c'est-à-dire, ce n'est pas que cela se fit par hasard, mais Nasaroff, l'inspecteur, nous l'avait ordonné : il nous dit : « qu'avez-vous, garçons, à retourner chez vous; demain nous aurons beaucoup de travail, restez donc ici. — Nous restâmes, en effet, et nous nous couchâmes tous ensemble; tout-à coup, Avdiouchca nous dit : « Mais quoi, garçons, si le follet venait? — Et il n'avait pas eu le temps, Avdéi, de terminer ses paroles, que quelqu'un se mit à marcher au-dessus de nos têtes, et de quelle manière! Quant à nous, nous étions couchés en bas, et lui, il se mit à marcher en haut auprès de la roue. Nous écoutons, il marche et les planches se courbent sous ses pieds, elles craquent à tout moment; voilà qu'il passe au-dessus de nos têtes; l'eau se met à couler avec bruit sur la roue : la roue se met à frapper, elle tourne; mais les écluses sont fermées à la sortie du canal. Nous sommes étonnés, qui donc les a ouvertes que l'eau commence à couler? Mais la roue tourna, tourna et s'arrêta. *Celui-là* alla en haut vers la porte, puis se mit à descendre l'escalier, il descend sans se hâter; les marches craquent même sous ses pieds... Eh bien, il s'approcha de notre porte, attendit, — tout à coup, la porte s'ouvrit. Nous tous, nous étions effrayés, nous regardons — il n'y a rien. Voilà qu'auprès d'un des seaux la forme se met à se mouvoir, elle s'élève, plonge, marche, dans l'air; il paraissait que quelqu'un la mettait en mouvement, puis elle retourna à sa place. Puis le crochet d'un autre seau se décrocha du clou, puis s'y remit; puis il parut que quelqu'un s'approcha de la porte, et tout à coup il se mit à tousser, mais comme s'il étranglait, tout à fait comme un mouton, mais avec tant de bruit... Nous tombâmes tous comme un tas, l'un grogna l'autre... Oh, comme nous sommes éffrayés alors !

— Вишь, какъ!... промолвилъ Павелъ. — Чего жъ онъ раскашлялся?

— Не знаю, — можетъ, отъ сырости.

Всѣ помолчали...

— А что,—спросилъ Ѳедя, — картошки сварились?

Павлуша пощупалъ ихъ.

— Нѣтъ, ещё сыры. Вишь, плеснула, — прибавилъ онъ, повернувъ лицо въ направленіе рѣки: — должно быть, щука... А вонъ звѣздочка покатилась.

— Нѣтъ, я вамъ что, братцы, разскажу, — заговорилъ Костя тонкимъ голоскомъ: — послушайте-ка, намеднись что тятя при мнѣ разсказывалъ.

— Ну, слушаемъ, — съ покровительствующимъ видомъ сказалъ Ѳедя.

— Вы вѣдь знаете Гаврилу, слободскаго плотника?

— Ну да, знаемъ.

— А знаете ли, отчего онъ такой всё невесёлый, всё молчитъ, знаете? Вотъ отчего онъ такой невесёлый: пошёлъ онъ разъ, — тятенька говорилъ, — пошёлъ онъ, братцы мои, въ лѣсъ по орѣхи. Вотъ, пошёлъ онъ въ лѣсъ по орѣхи, да и заблудился; зашёлъ, Богъ знаетъ, куды зашёлъ. Ужъ онъ ходилъ, ходилъ, братцы мои — нѣтъ! не можетъ найти дороги; а ужъ ночь на дворѣ. Вотъ и присѣлъ онъ подъ дерево, давай, молъ, дождусь утра, — присѣлъ и задремалъ. Вотъ задремалъ и слышитъ вдругъ, кто-то его зовётъ. Смотритъ — никого. Онъ опять задремалъ: опять зовутъ. Онъ опять глядитъ, глядитъ онъ, а передъ нимъ на вѣткѣ русалка сидитъ, качается, и его къ себѣ зовётъ, а сама помираетъ со смѣху, смѣётся...

— Vois-tu, comment cela arrive!.. fit Paul. — Pourquoi toussa-t-il donc?

— Je ne sais pas, peut-être à cause de l'humidité.

Tous se turent un instant.

— Eh bien, demanda Fédia, les pommes de terre sont-elles cuites?

Pavloucha les goûta.

— Non, elles sont encore crues. Ecoutez, quel coup sur l'eau — ajouta-t-il en tournant la figure vers la rivière — un brochet probablement. Et la c'est une étoile qui a filé.

— Non, je veux vous raconter, mes amis, quelque chose, — fit Costia d'une voix bien mince, — écoutez ce que mon père a dernièrement raconté en ma présence.

— Allons, nous t'écoutons, — dit Fédia d'une voix protectrice.

— Vous connaissez probablement Gavrila, le charpentier du village.

— Eh bien, oui, nous le connaissons.

— Mais savez-vous aussi pourquoi il est toujours si triste, pourquoi il se lamente toujours, le savez-vous? Voilà pourquoi il est si triste: un jour il alla — dit mon père — dans la forêt cueillir des noisettes. Eh bien, il alla dans la forêt cueillir des noisettes; il s'égara et vint, Dieu sait où il vint. Il marcha, marcha, mes amis — non! il ne peut trouver le chemin, et il fait déjà nuit.—

Voici qu'il s'assit sous un arbre. J'attendrai la nuit, se dit-il, il s'assit et s'endormit. Il s'endormit et voilà qu'il entend tout-a-coup que quelqu'un l'appelle. Il regarde autour de lui — personne. Il s'endort de nouveau: on l'appelle derechef. Il regarde de nouveau, et il voit assise devant lui sur une branche une nayade, elle se balance et l'appelle, se pâme de rire, elle rit.

А мѣсяцъ-то свѣтитъ сильно, такъ сильно, явственно свѣтитъ мѣсяцъ, — всё, братцы мои, видно. Вотъ зовётъ она его, и такая вся сама свѣтленькая, бѣленькая сидитъ на вѣткѣ, словно плотичка какая или пескарь, — а вотъ ещё карась бываетъ такой бѣлесоватый, серебряный ... Гаврила-то плотникъ такъ и обмеръ, братцы мои, а она, знай хохочетъ, да его къ себѣ этакъ рукой зовётъ. Ужъ Гаврило было и всталъ, послушался было русалки, братцы мои, да, знать, Господь его надоумилъ: положилъ-таки на себя крестъ... А ужъ какъ ему было трудно крестъ-то класть, братцы мои, говоритъ: рука, просто, какъ каменная, не ворочается... Ахъ, ты, этакой, а!... Вотъ, какъ положилъ онъ крестъ, братцы мои, русалочка-то и смѣяться перестала, да вдругъ какъ заплачетъ... Плачетъ она, братцы мои, глаза волосами утираетъ, а волоса у нея зелёные, что твоя конопля. Вотъ поглядѣлъ, поглядѣлъ на неё Гаврила, да и сталъ её спрашивать: „чего ты, лѣсное зельё, плачешь?“ А русалка-то какъ взговоритъ ему: „не креститься бы тебѣ“, говоритъ, „человѣче, жить-бы тебѣ со мной на весселіи до конца дней; а плачу я, убиваюсь оттого, что ты крестился; да не я одна убиваться буду: убивайся же и ты до конца дней“. Тутъ она, братцы мои, пропала, а Гаврилѣ тотчасъ и понятственно стало, какъ ему изъ лѣсу, то-есть, выйти... А только съ тѣхъ поръ онъ всё невесёлый ходитъ.

— Эка! — проговорилъ Ѳедя послѣ недолгаго молчанія: — да какъ же это можетъ этакая лѣсная нечисть христіанскую душу спортить, — онъ же ея не послушался?

Et la lune luit clairement, si clairement, si distinctement — tout, mes amis, est visible. Voilà qu'elle appelle,
et elle-même, elle est assise si claire, si blanche sur sa
branche, tout comme une tanche ou un tout petit poisson, une carpe encore est si brillante, si argentée...
Gavrila, le charpentier, était plein d'effroi, ami, mais elle,
savez-vous, elle rit, et l'appelle en lui faisant ainsi des
signes de la main. Gavrila s'était déjà levé pour obéir à
la nayade, mes amis, mais il paraît que Dieu l'inspira...
il fit sur lui le signe de la croix... Mais comme il lui
était difficile de faire le signe de la croix, mes amis, il
dit, que sa main ne voulait simplement pas se mouvoir,
comme si elle était de pierre. Ah, parbleu! Voilà, dès
qu'il eut fait le signe de la croix, mes amis, la nayade
ne riait plus, mais elle se mit à pleurer... Elle pleure,
mes amis, essuie ses yeux de ses cheveux, et elle a des
cheveux verts comme le chanvre. Voilà que Gavrila la
regarda, et se mit à la questionner. De quoi pleures-
tu, herbe de la forêt? Et la nayade se mit à lui
parler: tu n'aurais pas dû faire le signe de la croix, lui
dit-elle. homme, tu aurais pu vivre gaiement avec moi
jusqu'à la fin des sciècles; et je pleure, je me tue parce
que tu as fais le signe de la croix; mais ce n'est pas moi
seule qui pleurerai; pleure toi aussi jusqu'à la fin des
siècles. Et à ces mots, frères, elle disparût, et Gavrila
comprit au même moment de quelle manière il pourrait,
savez-vous, sortir de la forêt... Seulement, depuis lors,
il est toujours triste.

— Voilà! fit Fédia après un silence de courte durée:
Mais de quelle manière une telle saleté, vivant dans les
forêts, peut-elle gâter l'âme d'un chrétien? Il ne lui a
donc pas obéi.

— Да вотъ, поди ты! сказалъ Костя. — И Гаврила баилъ, что голосокъ, молъ, у ней такой тоненькій, жалобный, какъ у жабы.

— Твой батька самъ это разсказывалъ? — продолжалъ Ѳедя.

— Самъ. Я лежалъ на полатяхъ, всё слышалъ.

— Чудное дѣло! Чего ему быть невесёлымъ?... А знать онъ ей понравился, что позвала его.

— Да, понравился! — подхватилъ Ильюша. — Какъ же! Защекотать она его хотѣла, вотъ что она хотѣла. Это ихнее дѣло, этихъ русалокъ-то.

— А, вѣдь, вотъ и здѣсь должны быть русалки, — замѣтилъ Ѳедя.

— Нѣтъ, — отвѣчалъ Костя: — здѣсь мѣсто чистое, вольное. — Одно, — рѣка близко.

Всѣ смолкли. Вдругъ, гдѣ-то въ отдаленіи, раздался протяжный, звенящій, почти стенящій звукъ, одинъ изъ тѣхъ непонятныхъ ночныхъ звуковъ, которые возникаютъ иногда среди глубокой тишины, поднимаются, стоятъ въ воздухѣ, и медленно разносятся наконецъ какъ бы замирая. Прислушаешься, — и какъ будто нѣтъ ничего, а звенитъ. Казалось, кто-то долго, долго прокричалъ подъ самымъ небосклономъ, кто-то другой какъ будто отозвался ему въ лѣсу тонкимъ, острымъ хохотомъ, и слабый, шипящій свистъ промчался по рѣкѣ...

Тургеневъ.

— Eh bien, vois-tu ! dit Costia. Et Gavrila disait qu'elle avait une voix si fine, si plaintive comme celle d'un crapaud.

— Ton père l'a-t-il raconté lui-même? continua Fédia.

— Lui-même. J'étais couché dans l'entresol, j'ai tout entendu.

— Chose étonnante! Pourquoi serait-il triste! Il lui avait plu probablement, parce qu'elle l'avait appelé.

— Bah, il lui avait plu ! ajouta Ilioucha. — Ce n'est pas ça ! Elle voulait le chatouiller à mort : c'est ce qu'elle voulait. C'est leur habitude à elles, à ces nayades.

— Mais il doit y avoir des nayades aussi ici, remarqua Fédia.

— Non, répondit Costia. Ici la place est pure, est libre. Il suffit, — la rivière est proche.

Tous se turent. Tout-à-coup se fit entendre dans le lointain un bruit lent, perçant, presque ressemblant à un soupire, un de ces bruits nocturnes, impossibles à expliquer, qui surgissent quelquefois au milieu d'un profond silence, planent dans les airs et disparaissent peu-à-peu presqu'en mourant. On écoute, on n'entend rien et néanmoins le bruit reste. Il paraissait que quelqu'un avait longtemps crié auprès de l'horizon, que quelque autre personne lui avait répondu dans la forêt d'un rire fin et perçant, et un sifflement faible et strident passa au-dessus de la rivière...

Tourguéneff.

Imprimerie „Union", 46, Bd St-Jacques, Paris

Оглавленіе.

Table des matières.